D1881814

।। राती रूती थिती वार
पवण पाणी अगनी पाताल
तिस विच धरती थाप रखी धरम साल
तिसु विच जीअ जुगति के रंग
तिन के नाम अनेक अनन्त
करमी करमी होए वीचार
सचा आप साचा दरबार ।।

।। जपुजी ।।

॥ जीअ जुगति के रंग ॥

चित्र और कथाऐं

सिद्धार्थ

राजकमल प्रकाशन

।। मैं आज भी अपने पिता को बाबा नानक के शब्द गाते सुनता हूँ
और देखता हूँ अपनी माँ को मिट्टी के बर्तन और बहुत से रंग बनाते ।।

SIDHARTH 3102010

इस पुस्तक के सर्वाधिकार सुरक्षित हैं। प्रकाशक की लिखित अनुमति के बिना इसके किसी भी अंश की, फोटोकॉपी एवं रिकार्डिंग सहित इलेक्ट्रानिक अथवा मशीनी, किसी भी माध्यम से अथवा ज्ञान के संग्रहण एवं पुनरुप्रयोग की प्रणाली द्वारा, किसी भी रूप में, पुनरूत्पादित अथवा संचारित-प्रसारित नहीं किया जा सकता।

॥ जीअ जुगति के रंग ॥

चित्र और कथाएँ

सिद्धार्थ

पहला संस्करण : 2017

मूल्य : रू 1600/-

प्रकाशक : राजकमल प्रकाशन प्रा. लि.
1-बी, नेताजी सुभाष मार्ग, दरियागंज
नई दिल्ली-110 002

शाखाएँ : अशोक राजपथ, साइंस कालेज के सामने, पटना-800 006
पहली मंजिल, दरबारी बिल्डिंग, महात्मा गांधी मार्ग, इलाहाबाद-211 001
36 ए, शेक्सपियर सरणी, कोलकाता-700 017

वेबसाइट : www.rajkamalprakashan.com

ई-मेल : info@rajkamalprakashan.com

आवरण : संदीप सिंह

मुद्रक : अर्चना एडवर्टाइजिंग
सी-78, ओखला इंडस्ट्रीयल एरिया
फेज-1, नई दिल्ली-110020

ISBN : 978-81-267-2992-0

मुखबन्ध

- नमिता गोखले

इस किताब का उपजना, लिखना एवं चित्रों संग उभरना दर्शाता है एक सुमेल-मन, कल्पना और आत्मा का। चिन्तन के गहरे चलन में राष्ट्र, रचना और चित्रों का सुन्दर साकार गुँथा हुआ है एक अनूठे रहस्य में जो शब्दों की अस्पष्टता से परे ले जाता है अन्तर्बोध की ओर। यह जादुई मिलन दृश्यमान होता है कुछ ऐसे विचित्र चित्रों और आभासों द्वारा जो न केवल ज्ञान-उदय का संकेत देते हैं, बल्कि एक अजब और अचम्भित करनेवाले ईश्वरीय दर्शन की ओर ले जाते हैं। ये काव्य-कथाएँ प्रथमत्य रची गई हैं साधारणत्य बोली जानेवाली मिट्टी के रंगों की खुशबू में लिपटी हुई सरायकी भाषा में जो कि पंजाब और सिन्ध की एक महत्त्वपूर्ण उप-भाषा है। अपने-आप में सरायकी एक अनूठा मिश्रण है-प्रकृति, पालि, फारसी तथा पश्तो भाषाओं का और सरायकी वह गरिमामयी भाषा है जिसमें गुरु नानक ने रचना रची और संवाद किए।

बहुत लम्बे अरसे से मैं सिद्धार्थ को जानती हूँ और एक चित्रकार एवं रचयिता-कलाकार के तौर पर बहुत सराहती हूँ। रागियों के परिवार में जन्मे, सिख पद्धति की पवित्र गुरुबानी की लहरियों में पले-बढ़े सिद्धार्थ ने ज्ञान एवं कला की अनगिनत यात्राएँ तय की हैं और जीवन-पथ के अविश्वसनीय पाठ पढ़े हैं। बातचीत के दौरान सिद्धार्थ ने अपनी प्यारी माँ की कई यादें साझी करी हैं जो उन्होंने माँ को बर्तन बनाते और मिट्टी के खिलौने बनाते हुए देखकर अपने कोमल मन में सँजोई थीं। बहुत छोटी उम्र में ही सिद्धार्थ दीवारों पर चित्र बनानेवाले एक मुस्लिम कलाकार के साथ एक ट्रेनी (Trainee) के तौर पर काम करने लगे और बड़ी-बड़ी हवेलियों की दीवारों पर प्रेम-रस एवं वीर-रस से सम्बन्धित चित्र बनाते हुए चित्रकला में गहरे उतरने लगे। और फिर सिद्धार्थ कुछ देर के लिए सिख जगत के प्रतिष्ठित व्यक्ति-चित्रकार (Portraitist) सोभा सिंह के पास रूके-उनके ब्रश साफ करते और तैल (Oil) व कैनवस के भेदों के बारे में और जागरूक होते। समय पाते सिद्धार्थ की तलाश और तीव्र हो गई और नौजवान सिद्धार्थ धर्मशाला के नजदीक नामगयाल मठ का हिस्सा बने और वहीं पर उनका नाम सिद्धार्थ रखा गया।

इससे आगे की यात्रा इतनी लम्बी और आश्चर्यजनक है कि कुछ पंक्तियाँ एक-दो शब्दों में समा नहीं सकतीं। इस बेहतरीन किताब में अंकित कविताएँ एवं चित्र-जो कविताओं का अटूट हिस्सा हैं-दर्शाते हैं भिन्न-भिन्न संकेत, बिम्ब तथा प्रतीक-एक निरन्तर प्रवाह में रहनेवाली तलाश के। और यह खोज-यात्रा है-स्वयं की, ब्रह्मांड की एवं आत्म की परम ऊँचाइयों की।

चलिए, कविताओं की ओर अग्रसर होते हैं। 'चींटी' (The Ant) हमें ले जाती है कवि के बचपन की याद की गोद में। नीम के पेड़ के नीचे बर्फी का एक छोटा टुकड़ा अपने सीने संग सहलाते-बहलाते एक बालक नींद के आँचल तले खो जाता है कहीं दूर :

'क्या खाओगे तुम?'
'बर्फी?'
जब भी कोई पूछता
हमेशा वो कहता-'बर्फी'।

बर्फी को चखने चींटियों का झुंड उमड़ आया और काट खाया उस छोटे बालक को। दर्द में झुँझलाकर वह चींटियों को मार गिराता है। बालक के पिता उसे समझाते हैं कि चींटियों का कोई दोष नहीं है। गुरुबानी की पंक्तियाँ दोहराते वह अपने बेटे को बताते हैं कि कैसे चींटी, बर्फी एवं बालक जुड़े हैं एक जुट, एक सुन्दर एकता में :

'रंगी रंगी भाँती करि-करि
जिन सी माया जिन ऊपाई
करि-करि देखे कीता आपणा
जिव तिसु दी वडिआई
जो तिसु भावै सोई करसी
फिर हुकमु न कारणा जाई।'

इस काव्य-अंश का अनुवाद पुस्तक में अंकित है। एक बालक के बर्फी खाने और चींटियों को मारने की यह मासूम कहानी और इस कहानी के समक्ष उपस्थित गुरु नानक की अत्यन्त सुन्दर पंक्तियाँ दर्शाती हैं एक मूल विचार, एक फलसफा जो कविताओं और चित्रों को रौशन करता है, जगमगाता है। इस किताब में चींटी का शानदार, अलौकिक चित्र प्रकटाता है उसके विभिन्न सूचक यंत्र (antennae), पूर्ण बहुस्तरीय देखने-महसूसने की दिव्य-दृष्टि और इस छोटे से, महत्त्व-रहित जीव की अपार शक्ति।

'चमकता शेर' हमें ले जाता है समय के उस पड़ाव में जब नौजवान सिद्धार्थ अपने गुरु संगय यशय-महान तिब्बती चित्रकार-की शरण में थे। गुरु लामा सिद्धार्थ को एक पहाड़ी झरने के पास बिठाते हैं और पानी के बहाव के साथ मंत्र-जाप को एकसुर करने को कहते हैं :

जाओ भिखू
वहाँ झरने के पास
बैठ रहो आधी खुली आँखों से
और झरने की गरज के साथ-साथ
एकसुर हो करो आवाज
अपने गहन अन्दर से भरके एक लम्बी साँस।

बैठ रहो तब तक जब तक
सुर सध न जाए एक साथ
तुम हो जाओ झरना
करो यात्रा दूर की
बन के बहता पानी।
जाओ भिखू, हर दिन सुबह
दिन ढले तक सत्संग करो
उस कल-कल बहते गरजते झरने के साथ।

जैसे ही भूखी चिन्तन के गहरे तलों में जाता है, 'पूर्णतः
एक सुर, एक आदि-नाद' में उतरता है, उसके
जाप-प्रार्थनाएँ बुला भेजती हैं उसके समक्ष एक
सुनहरे शेर को :

तभी अधखुली आँखों से देखा
पास सामने चमकता पीलत शेर

ऊँचे स्वर में गरजन करता
आ रहा था पास और पास
छू सकते थे जैसे इतना पास।

मुस्कुरा दिया भिखू
करके गुरु को याद
शेर भी मुस्कुराया
लगा चमकने रंग-बिरंगा
जगमग करता
करता रहा आवाज
एक साथ, झरने के साथ
और भिखू के साथ-साथ।

नौजवान भिखू गुरु लामा के शब्द याद करता है और अपने हृदय से डर-ख़ौफ़ भगा फेंकता है। भिखू और शेर एक अजब धागे में पिरोये वहाँ इकट्ठे बैठ जाते हैं-गरजते, जाप करते झरने के स्वर में स्वर मिलाते, एक मिलन में रमते-लहकते।

इस किताब में शेर का चित्र पीले रंग की पृष्ठभूमि में दृश्यमान है। जंगल का राजा अत्यन्त प्रसन्न और रूमकता नजर आता है।

इसी श्रृंखला को आगे बढ़ाते हुए भिखू अपने गुरु संगय यशय के पीछे चलते-चलते पहुँच जाता है बर्फ से लदी ऊँची पहाडियों पर। दोनों पहुँचते हैं एक झील के किनारे, गुफाओं के पास। गुरु लामा भिखू को आवाज लगाने को कहते हैं। उसकी आवाज से सतर्क हो गुफा में से एक भालू निकल आता है।

शिष्य गुफा की सफाई करते हैं। संगय यशय उन्हें कुछ जरूरी सामान और पानी देकर गुफा के गहरे अन्धकार में चिन्तन करने को कहकर वहाँ से प्रस्थान करते हैं :

और जब तक मैं न आऊँ
तुम गुफा से बाहर आने का प्रयास भी मत करना।
करना मेरी प्रतीक्षा
कुछ समय अपने साथ रहो
अपने भय और शरीर के साथ
अपने गहन अँधेरे के साथ
यह बाहर का अँधेरा तो
कुछ ही दिन में छँट जाएगा।

बुद्ध तुम्हारी रक्षा करें।

दिव्य-दृष्टांत की इस लगातारता में अन्धकार स्वीकारती भिखू की आँखें पाती हैं अपने आगे देवी तारा, फिर सन्त-कवि सूरदास और आख़िर में महाकाली।

'ओम रहस्यमयी माँ' के बोलों के साथ ही देवी माँ की मुस्कुराहट प्रत्यक्ष दृश्यमान होती है।

'हनुमान' नामक काव्य-कहानी में सत्रहवर्षीय सिद्धार्थ साथी भिक्षुओं के संग बद्रीनाथ से गौमुख के लिए पैदल-यात्रा पर निकलते हैं। 15000 फीट की ऊँचाई पर उन्हें दर्शन होते हैं वासुकीताल के जो कि मानसरोवर के बाद दूसरी विशाल झील है। झील के नीचे की ओर विराजमान हैं तपोवन, नन्दनवन, द्रोणपर्वत तथा गौमुख।

बर्फीली रातों में खेमे के अन्दर बैठा हुआ, बड़ी ऊँचाइयों से सम्बन्धित आश्चर्यजनक बिम्ब, परछाइयों एवं आकारों के झुरमुट में मन घिरा हुआ, भिखू देखता है लम्बे कद के आदि-मानव जैसी आकृतियों का एक झुंड पहाड़ों के बीचोबीच उस झील के पास पहुँचता हुआ। 'दोनों हाथों से अपने मुँह और नाक ढँके हुए' आदि-मानव झील में घुटनों के बल बैठ जाते हैं मानो प्रार्थना में मग्न हो गए हों!

क्या यह एक करिश्मा है? मन का वहम-छलावा है, या फिर हक़ीक़त? यात्रा-सहायक भिखू और उसके साथियों को लंगूरों के बारे में बताता है जो उन ऊँचाइयों के वासी हैं। ये लंगूर बर्फीली ठंड से अपने बचाव के लिए पानी की ऊपरी सतह से नीचे ज़्यादा गर्म लहरों की सतह में बैठ जाते हैं।

कितनी ही और काव्य-कहानियों के बारे में, जो कि विभिन्न सभ्याचारों और महाद्वीपों पर आधारित हैं, बहुत कुछ कहा जा सकता है। स्वीडन की सुन्दर धरती पर भिखू सिद्धार्थ को हुलदरा नामक अद्भुत योगिनी की छवि देखने को मिलती है जो कि स्कैन्डीनेवियन (Scandinavian) लोक-कथाओं में सुनहरे बालों वाली जादूगरनी के रूप में जानी जाती है। टर्की (Turkey) में ब्लैक सी (Black Sea) के विशाल किनारों पर भिखू सिद्धार्थ एक रहस्यवादी कवि से मिलते हैं :

मेरे भाई, मेरे हमदम
मेरे पल, क्षीण समय के जीवन साथी
मेरे कुछ शब्द यहाँ किर गए हैं
तेरे पास
अच्छे लगे तो रख लेना
सँजो लेना आसपास

बाकी छोड़ देना इस रेत पे
समुन्दर ले जाएगा बहा के अपने साथ।

ये यात्राएँ और प्रकाशमयी अन्तर्ज्ञान का प्रकटीकरण मानसिक, शारीरिक, आत्मिक-हमेशा स्वयं-खोज की तरफ ले जाते हैं। ये यात्राएँ अद्‌भुत गाथाएँ हैं-आन्तरिक पन्नों पर छोटे से छोटे, बारीक से बारीक अंश में सुशोभित, जिनकी जादुई वास्तविकता प्रमाण देती है एक सर्वव्यापक दिव्य-दृष्टि की, जिसे छूना मुमकिन है और जिसे सुना भी जा सकता है। यह दृष्टि पाठकों को ले जाती है बहुत से मुक़ामों, संसार व पद्धतियों की तरफ।

कुछ अनसुनी 'अनहद' ध्वनियाँ-श्रुतियाँ, जो कि सिख धर्म की रहस्यवादी पद्धति का महत्त्वपूर्ण हिस्सा हैं, घुल-मिल जाती हैं बौध-तन्त्र में, स्कैन्डीनेवियन मिथक एवं अजान की आवाज में। पंजाबी से किया हुआ जानदार, बुलन्द अनुवाद अपनी स्रोत-भाषा का जोश और उल्लास क़ायम रखने में सफल हुआ है। शब्द और चित्र का, कल्पित कथा और तजुर्बे से उत्पन्न समझ-बूझ का, सुने एवं अनसुने गीतों का सुन्दर मिलन पेश करता है एक सशक्त काव्य-चित्र संग्रह जो न केवल पाठक से कुछ आग्रह करता है बल्कि उसको ले चलता है एक ऐसे आत्मिक और सभ्यचारिक वातावरण में, जो गहरा होने के साथ-साथ अत्यन्त प्रकाशमयी भी है।

।। किरते शब्द ।।

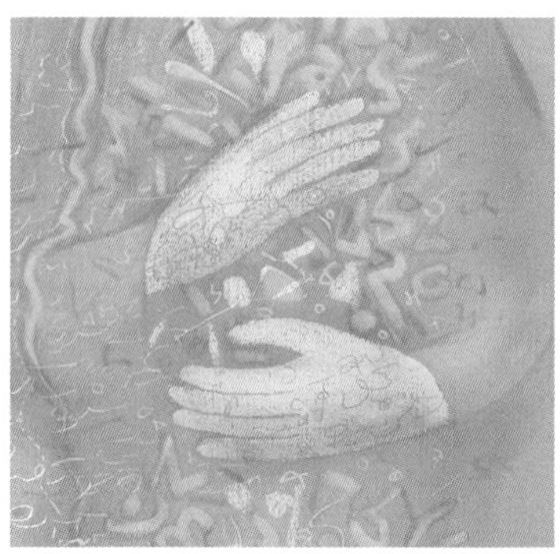

किरते शब्द । कैनवस पर गोल्ड लीफ और मिनरल पिगमेंट । 36" x 60"

।। फिरते शब्द ।।

इस्ताम्बुल, टर्की

समुद्र की रेत पे बैठे
मुट्ठियाँ भर-भर रेत फिराते
हवा के झोंके से
उड़-उड़ जाती रेत ऐसे
पता ही न चला कब
समय उड़ गया पल-पल जैसे।
अभी-अभी तो वहाँ दूर
क्षितिज पे सुर्ख सूर्य डूब रहा था।
अभी-अभी गहरा गहन अँधेरा।

मस्जिद में अजान गूँज उठी
आसमान से आती जैसे
कहीं अनछुए से छोर से
समुन्दर की लहरों के साथ-साथ गाती।

पास ही बैठा एक साया
रेत पर घुटनों के बल बैठ के
दुआ में मगन हुआ।

वाह! क्या ईश्वरीय आनन्द था
अचानक मुँह से निकला

अजान का स्वर बन्द होते ही
अल्लाह आप पर मिहर करे
आप को सुन के गुनगुनाते अजान
बहुत सुन्दर अनुभूति हुई
जैसे आत्मा तृप्त हो गई।

वह जो पास ही बैठा था रेत पर
लाल चोगा और टोपी पहने
चमकता चेहरा मन्द रोशनी में
गहरी काली आँखों वाला
बोला मधुर स्वर में
अल्लाह आप को भी
'जो जैसा है' के स्वीकार की
और भले और सुन्दर की
सराहना करने की बख्शीश करें।
धरती के कौन से कोने से आए हैं आप?
मेरा नाम मुस्तिफा
उसने पास आके बैठते कहा।

वहाँ उधर नीली मस्जिद
और सामने ही ईसाइयों का सोफिया हागियाँ चर्च।
देखा आपने वह दायें ओर पुल
जो इस्ताम्बुल के दो भागों को मिलाता है।
हम एशिया में बैठे हैं।
उधर यूरोप और बीच में काला सागर।

काला सागर

बताओ, क्या नाम रखा है?
काला समुन्दर।
सारी धरती का पानी तो
काला गंदा साबुन और
रसायनों से भर दिया है इनसान ने।
यहाँ तक कि धरती के नीचे का
पानी भी अल्लाह के बन्दे ने
पीने के योग्य छोड़ा नहीं
और समुन्दर के इस हिस्से को
काला समुन्दर कहते हैं।

उधर यूरोप, इधर एशिया
बताओ, किसने बनाया यूरोप?
किसने बनाया एशिया?
किसने बनाया टर्की?
मेरे बाप ने तो नहीं बनाया
न मेरे दादा ने, न पड़दादा ने।
टर्की, इंडिया, ऑस्ट्रिया, जर्मनी
फ्रांस, ग्रीस हदें, सरहदें
सब चालाक हुकूमत करने के
लालची दिमाग लोगों की चालें हैं।
मैं तो धरती पे पैदा हुआ हूँ
इस मिट्टी का जाया
इस धरती का वासी

और इस अल्लाह के अन्तहीन
ब्रह्मांड का बन्दा।
वह धीरे-धीरे एक साँस में
लड़ीबद्ध गीत जैसे बोलता रहा
न औरत, न पुरूष जैसी
इक मधुर आवाज संगीत के जैसी।

मेरा प्रणाम हवा को
अग्नि को, पानी को
धरती को, मिट्टी और आकाश को
शुकराना हर एक पेड़ का
पौधों, फलों, फूलों का
चींटी, चिड़ियाँ, पर्वतों का
यह सब करिश्में रूप हैं
यह सब चित्र आलोक अवतरण
प्रकटीकरण है अल्लाह स्वयं का।

मेरे दोस्त!
अल्लाह ने भेजा है, तुम्हें
मुझे यह सब
शब्द कहने को
मेरे भाई, मेरे हमदम
मेरे पल, क्षीण समय के जीवन साथी
मेरे कुछ शब्द यहाँ किर गए हैं
तेरे पास

अच्छे लगे तो रख लेना
सँजो लेना आसपास
बाकी छोड़ देना इस रेत पे
समुन्दर ले जाएगा बहा के अपने साथ।

उसने उठते हुए
वस्त्र झाड़ते हुए
फिर से कहा–
मेरे भाई
मेरे कुछ शब्द
किर गए हैं
तेरे आसपास
और दूर अँधेरे में खो गया उस रात।

।। काली ।।

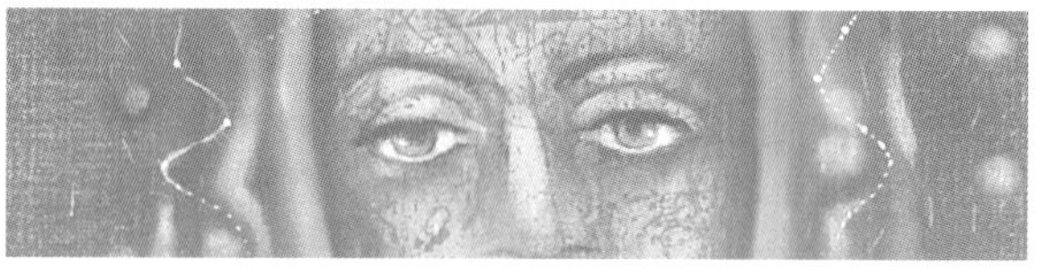

कालीं। कैनवस पर सिल्वर लीफ और मिनरल पिगमेंट। 36" x 60"

।। काली ।।

त्रिउंड के हरे-भरे मैदान को पार करके
धौलाधार की बर्फों लदी चोटियो
के नीचे से गुजरते
लाकागोट की ओर बढ़े चले लामा।
लाकागोट से दाएँ मुड़ के
पर्वत के पीछे की ओर
दूर तक फैली नीली झील दिखने लगी।

झील के किनारे पहाड़ की ओटक में चलते-चलते
एक गुफा के पास आ के रूक गए
लामा का आदेश-आवाज करो भिखुओ
और एक भालू भागता सा गुफा में से निकला
जंगल में और चला गया नीचे की ओर
अब जाओ और साफ करो गुफा को अन्दर से।

लकड़ियाँ, पत्तियाँ इकट्ठी करके झाड़ बनाया
और गुफा को साफ किया।
बहुत गहरी गुफा
अन्दर को सँकरी गहन अँधेरी।
मन्द-सी रोशनी छोटे से द्वार से
आती थी पानी की लिसकोर से
और अन्दर से देखने पर
झील काँच की तरह चमकती।

अन्दर गुफा के कुछ दूर तक दिखता था
और आगे गहरा गहन अँधेरा
न जाने कितनी गहरी लम्बी थी-गुफा
भय आने लगा देख के
कि इतना गहरा काला अँधेरा देखा नहीं कभी।

इससे भी गहरा अँधेरा है
हम सब के मनों में
डरो मत इससे
यहीं से रोशनी का अहिर-भाव होगा तुझमें।
भय रोशनी को भी देखने नहीं देता।
भिखू, भय से बड़ा अँधेरा
इस संसार में दूसरा नहीं कोई।

आसन लग गया
पानी के दो घड़े रख दिये अन्दर
एक थैला सत्तू भर देते हुए लामा जी बोले-
भिखू, जब भी भूख लगे, आधी भूख भर खाना संकोच से।
निवृति के लिए वहीं अन्दर गहरे में जाना।
मैं न जाने कब लौटूँगा तुम्हें वापस बुलाने
और जब तक मैं न आऊँ
तुम गुफा से बाहर आने का प्रयास भी मत
करना।
करना मेरी प्रतीक्षा
कुछ समय अपने साथ रहो

अपने भय और शरीर के साथ
अपने गहन अँधेरे के साथ
यह बाहर का अँधेरा तो
कुछ ही दिन में छँट जाएगा।
बुद्ध तुम्हारी रक्षा करें।
लामा जी झुक के प्रणाम करते हुए
गुफा से बाहर निकल गए।
भिक्षुओं ने गुफा का द्वार पत्थर
से पूर्ण रूप से बन्द कर दिया।
अब रोशनी की एक भी किरण
अन्दर गुफा में प्रवेश नहीं कर सकती थी
बस गहन अँधेरा था कि कुछ भी दिखाई न दे
घिसट-घिसट के आसन तक पहुँचा
और अपने चारों ओर कम्बल लपेट के
जैसे छुप के बैठ गया।
भय से काँप रहा था वह।

ऐसा लगा, जैसे कोई बड़ा सा आकार
डरावना सा बहुत पास
सामने आ के बैठ रहा है।
वह जोर-जोर से ऊँचा-ऊँचा
मंत्र जाप करने लगा।

।। ओयम तारे तू, तारे तूरे सोहम ।।

धीरे-धीरे धीमा और धीमा होता गया मंत्र जाप
और न जाने कब आँख लग गई।

दो बड़ी-बड़ी करूणा से भरी आँखें
उसकी ओर देख रही थीं और कह रही थी।

डरे हुए का अँधेरा गहरा होता है।
थके हुए का रास्ता लम्बा
और जगे हुए की रात लम्बी होती है।

भिखू, अपने अन्दर के भय से जगो
सूरदास (इकतारा बजाता हुआ)
सामने आ खड़ा हुआ, बोला-
मुझ अंधे का क्या
मेरे लिए दिन भी काला, रात भी काली
सोने को न आँख बन्द करनी, न जागते कभी खोली।
मैं तो अपने काले गहन अँधेरे में दर्शन करता हूँ
राम के, कृष्ण के
खेत-खतियान जंगल-बेले शेरे-बधेरे परियाँ
न जाने क्या-क्या! बजाता हूँ इकतारा गाता हूँ गीत
मेरे लिए समय का भाव रातें और दिन नहीं हैं
वह कुछ-कुछ कहता रहा और अँधेरे में खो गया।

फिर से छोटी-छोटी दो काली आँखें चमकीं
उसकी ओर देखती रहीं
फिर जैसे होंठ हिले, धीरे-धीरे गाने लगे।

।। ताती वाउ न लागई परब्रहम सरणाई
चौगिर्द हमारे राम कार दुखु लगे न भाई ।।

जैसे माँ ने सिर पे हाथ रखा
पिता ने पीठ सहलाई
और वह सोता रहा न जाने कब तक।

समय तो गौण हो चला था।
दिन और रात थे ही नहीं।
बस शरीर अभी नहीं भूला था
दिवस रात का चलन प्रहर।

धीरे-धीरे सब टिक सा गया था
अब सविकार सधने लगा था।
धीमी-धीमी ध्वनियाँ होने लगी थीं आसपास
जैसे कोई कुछ कह रहा था
पर श्वास के साथ-साथ गुम सा हो जाता।
अब साँस और धीमी और गहरी होती जा रही थी बिन आवाज।
कुछ-कुछ सुनने लगा था
जैसे कोई गीत गाता हो एक स्वर।

वह गाने लगा साथ-साथ स्वरबद्ध एक साथ।
वह महामंत्र शब्दों से परे अर्थों से मुक्त
गूँज उठा और भर दिया अनजाना अन्तहीन समय
अब प्रतीक्षा भी नहीं रही
समय के ओर की न पार की
अब यहीं था सब कुछ, यहीं अभी और यहाँ
न बहुत भूख, न प्यास
न रास्ता लम्बा, न पहुँचना कहीं
न था जवाब देना, न था पूछना सवाल
न देखने की इच्छा रही
पर धीरे-धीरे दीखने भी लगा।
गुफा की दीवारें और तल भी
दूर अँधेरा अभी भी था
पर घटता गया अँधेरा धीरे-धीरे
अब साफ दिखाई पड़ने लगा था
गुफा की दीवार पर सामने
एक आकृति सी उभरने लगी
जैसे कोई पुरातत्त्व पाषाण मूर्ति
आसन लगाए बैठी शांत मुद्रा में देवी सी।
नत-मस्तक हुआ देवी को
फिर देखता रहा एकटक।
हर पल देखने की इच्छा होने लगी
आँखें बार-बार उसी ओर देखती रहतीं
हटाए न हटें यहाँ तक

कि आँख बंद में भी दिखाई देने लगी।
जाप करते भी अब नहीं बनता था ध्यान
बंद हुआ गायन बस चुप्पी सध गई जैसे।
उस मूर्ति का दर्शन उसी का संग-साथ
अब और निखरने लगा रंग-रूप मूर्ति का
फिर न जाने कब आँख लग जाती
और सोता रहता बेफिक्र
अब कोई था उसके साथ।

अब पहले की तरह कुछ भी बोलता नहीं
न ही टाँगें फैला के कपड़े उतार के सोता
कुछ भी न उलटा, न सीधा
बस टिक सा गया था।
निवृत होने भी दूर उस मूर्ति से
दूर अँधेरे में जाने लगा
बिस्तर भी ठीक किया सब कुछ।

हे माँ! मैंने तुम्हें देखा नहीं था
अनजाने में न जाने क्या-क्या करता रहा
क्या-क्या बोलता-बकता रहा हूँ
मेरी अनजाने में भूल को माफ करना।
मुझे अपनी शरण में ले लो।

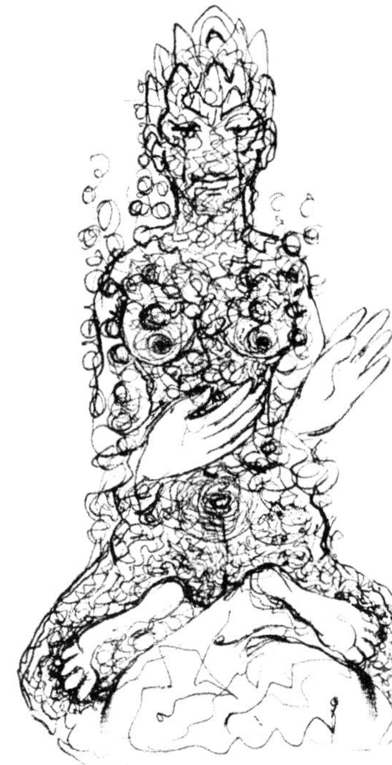

मुस्कुरा दी वह देवी और धीमे से बोली–
हे अनभिज्ञ, अनजान, तुम इनसान हो ही ऐसे
अकेलेपन से डरते
अकेले होने से डरते
तुम बिना दूसरे के जी नहीं सकते
अज्ञान अँधेरा इतना अन्दर तेरे
कि बाहर के अँधेरे से डरते
दूसरे के होने से क्या-क्या, झूठ-मूठ बनते-मिटते।
अकेले में सदा बुरा सोचते
मुखर हो असत्य भाव होकर
बेलगाम हो दुख-संताप
भय-भूख और कल से डरते।

अकेले में जो स्वयं के साथ
अनाचार करते हो तुम इनसान
वह महा अशोभनीय है।
यहाँ तक कि अपने शरीर के साथ
जो तुम्हारा मंदिर है
इसके साथ भी अशुभ व्यवहार करते हो।

मेरे बच्चे! तुम अपने साथ
ईश्वर सा बर्ताव करो
तभी ईश्वर तुम्हारे में निवास करेगा।

मैं तुम्हारी ही परछाईं हूँ
काली हूँ, मैं तेरे गहरे गहन
अँधेरे अज्ञान की
इसे और अँधेरा मत होने दो।
वह मुस्कुराती रही।
चमकती आँखों से कुछ-कुछ कहती रही
वह चरणों में सिर रख रोता रहा जार-जार

।। तमसो माँ ज्योतिर्गम्य ।।
हे माँ, मुझे अज्ञान, अँधेरे से रोशनी की ओर जाने का वरदान दो।

भिखू, उठो
मैं आया हूँ तुम्हें लेने
लामा जी बैठे मुस्कुरा रहे थे।

हे गुरु! तुम्हें प्रणाम
यह अँधेरा मेरे लिए वरदान है,
यह अँधेरा गुरु का प्रसाद।
हे गुरु! तुम्हें शत-शत प्रणाम।

।। चींटी ।।

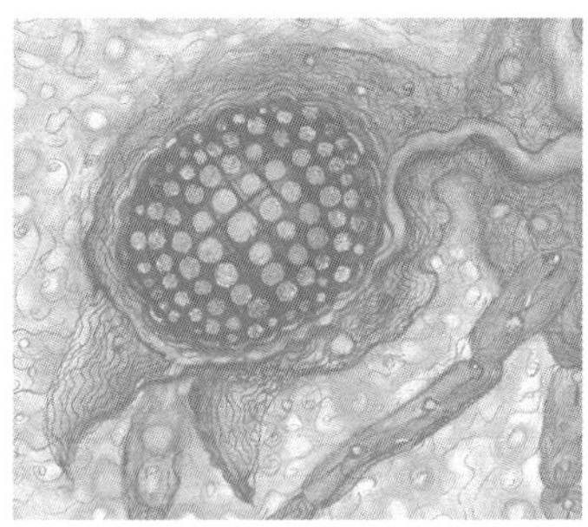

चींटी। कैनवस पर गोल्ड लीफ और मिनरल पिगमेंट। 36" x 50"

।। चींटी ।।

क्या खाओगे?
जी, बर्फी।
जब भी कोई पूछता
कहता-बर्फी।
एक आना भी मिलता खर्चने को
तो जा खड़ा होता बिहारी बर्फी वाले की दुकान पे।
बिहारी उसको देता दो टुकड़ियाँ एक आने की
बाकी सबको एक
और कहता-यह मेरा हर रोज का ग्राहक है भई।

दोपहर में चुपके से
एक गिलास हारे में से दूध का निकालता
और धीरे-धीरे छोटा-छोटा भोरा-भोरा टुकड़ा करके
दूध की चुसकियों के साथ खाता।।

गर्मियों के दिन
नीम के नीचे
दूध बर्फी खा के सो रहा
कमीज उतार के बाण की खाट बिछाके
बची हुई बर्फी कागज में लपेट के
छाती पे लगा के
दोनों हाथों के नीचे रखके दबा के।

गहरी नींद में देखा
बीहड़ में कीकरों पे, पीपलों पे
टहनियों पे, झाड़ियों पे, बरगदों पे
बर्फी के छते लटक रहे हैं
और भिनभिनाती गाती फिरती
सफेद मक्खियाँ जैसे होतीं मधुमक्खियाँ।

थोड़ी सी बर्फी तोड़ी
मुँह में रखी-चक्खी
वाह रे, क्या स्वाद!
तभी पीछे पड़ गईं भिनभिना के मक्खियाँ,
यहाँ काटा, वहाँ काटा
सर पे काटा, मुँह पे काटा
पीठ पे काटा, पेट पे काटा
वह लुदड़-फुदड़ भागा लुढ़का
गिरता-पड़ता चीख चिल्लाया।
क्या हुआ, क्या हुआ?
पिता भागा आया।

वह पेट मसलते हुए खाट पे उठके बैठ गया
बहुत सी चींटियाँ थीं उसके ऊपर यहाँ-वहाँ
हाथों के नीचे, गरदन पे
बर्फी चूरा-भूरा हो गई थी
और बहुत सी चींटियाँ मरी पड़ी थीं पेट पे।।

जोर-जोर से झटका झाड़ा, गिर गईं नीचे
जमीन पे मरी हुईं चींटियाँ और बर्फी का चूरा।
पेट पे धप्पड़ पड़ गए थे और हुआ था लाल
दर्द हो रहा था बहुत जोर से
पिता भागा आया लेके पानी का गिलास
पेट पे डाला, कुछ पीने को दिया।
बोला-कोई बात नहीं, चींटियों ने ही काटा है न
थोड़ी देर में सब ठीक हो जाएगा।
और वह गाने लगे गुरुबानी के बोल
देख के बहुत सारी मरी हुईं चींटियाँ।

।। रंगी-रंगी भाँती करि-करि
जिनसी माया जिनि ऊपाई।
करि-करि देखे कीता आपणा
जिव तिसु दी वडिआई।
जो तिसु भावै सोई करसी
हुकमु ना करणा जाई।
सो पातिसाहू साहा पातिसाहिब
नानक रहणु रजाई।।

वेख कितनी चींटियाँ मर गईं मसलने से।
काटा तो एक-दो ने होगा।
पर तुम दुखी मत हो इनको देख के
यही है कुदरत का नियम।
यह भाँति-भाँति की दुनिया है रंग-बिरंगी

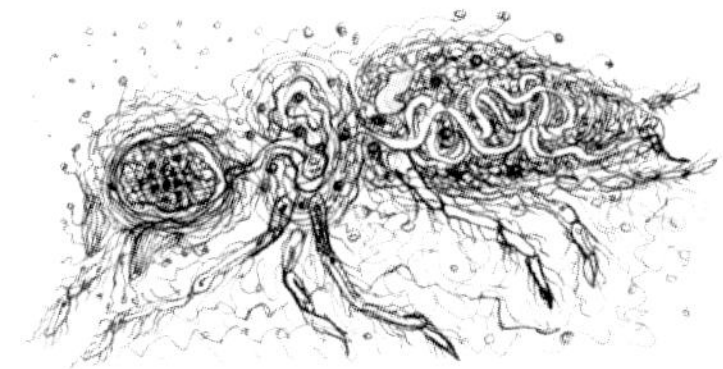

वह कोई बड़ ऊपर बैठा
कुछ बना के, कुछ मिटा के
यहाँ कोई मरता है तो कोई जीता
कोई हँसता, कोई रोता
कोई लड़ता, कोई भिड़ता
कमजोर, कोई तगड़ा।

हाँ, तगड़े से याद आई एक बात, ले सुन-
एक था दानव आया दूर से
एक गाँव के पास नदी से पानी पी के सो गया।
खर्राटों से हिलने लगा गाँव
गाँव के लोग इकट्ठे हो
पहुँच गए आस-पास सोते दानव के।
देखा, वह छाती पे हाथ रख सो रहा
नीचे सोना व हीरे-जवाहरात छुपाए।
मिल के लोग लगे बाँधने रस्सियों से सोते दानव को
और लेके भागने लगे जो जिसके लगा हाथ।
अचानक दानव का हिला हाथ
और उसने पलटा पासा
नीचे आके दब के मर गई बहुत लोकाई
कुछ भागे, चीखे-चिल्लाए करते हाहाकार।
फिर दूसरे गाँव से भी लोग ले आए बरछे
शवियाँ बरसाने लगे भाले
दानव उठ बैठा
बहुत बड़ा था
चींटियों जैसे लोग देख वह हँसा।

तो फिर क्या मार डाला उसने सबको?

नहीं। यह कहानी तो बड़ी लम्बी है बचड़ा।
सुनाऊँगा रात को।
दानव ने जान-बूझ के नहीं था मारा किसी को
बेशक आदमी तो लालची थे, चोर-उचक्के।
पर ये चींटियाँ तो न लगातीं अकल, न हैं चोर।
ये तो लेने आई थीं खाना
इससे ज़यादा नहीं जानतीं, बहुत छोटी हैं
बहुत नन्ही कमजोर।

देख मेरे बच्चे, इन्होंने न कुछ कहा तुमको
न बदले की भावना, न बरसाए भाले।
अभी भी देखो, लेके जा रहीं अपना-अपना खाना।
मरी हुई चींटियाँ पड़ी हैं यहाँ-वहाँ
पर वे नहीं छोड़तीं अपना कर्म।

देख, ये भी हैं इस धरती की जाइयाँ
इसी हवा में साँस ये लेतीं जिसमें तेरी
साँस है चलती।
जिस मिट्टी पे तुम चलते हो
उसी मिट्टी में ये हैं पनपी।
देख, तुममें और इनमें कोई फर्क नहीं है
और वह फिर गाने लगे गुरुबाणी।

।। रंगी-रंगी भाँती करि-करि
जिनसी माया जिनि ऊपाई।।

फिर बहुत दिनों तक उसने बर्फी न खाई
न ही मन किया।
एक दिन पिता हाथ में टुकड़ी लिये बोल-
तू अब हँसता नहीं, पहले वांगू
न खाता तू बर्फी
ले खा और पी ले दूध
पर खाने से पहले
इन छोटी-छोटी चींटियों संग बाँटना जरूर
जब भी कुछ खाना, खाना बाँट के
इन छोटे-छोटे पक्षियों संग
नन्ही-नन्ही चींटियों संग बाँटना जरूर।
मेरे बच्चे! खा ले बर्फी
पर जब भी कुछ खाना, बाँटना जरूर।

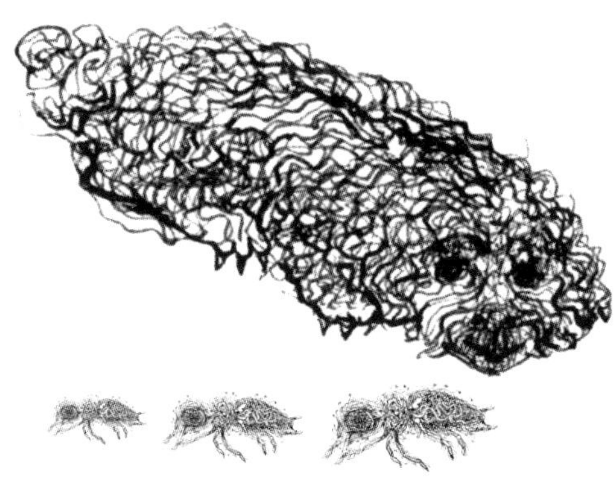

।। आंगन में पेड़।।

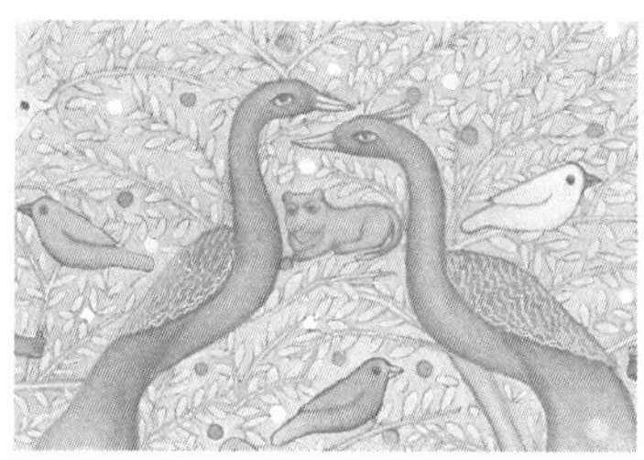

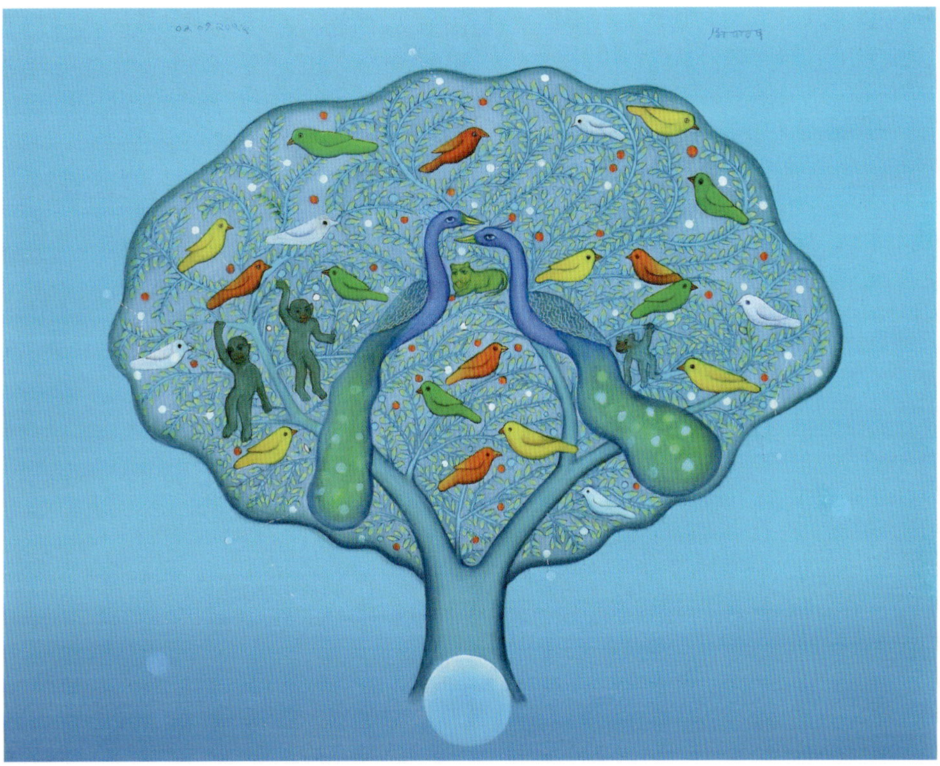

आंगन में पेड़ । कैनवस पर सिल्वर लीफ और मिनरल पिगमेंट । 40" x 50"

।। आंगन में पेड़ ।।

आँगन में बैठी माँ
एक पौधा लगा रही
हरा कचूर सा
पौधा छोटा सा
सम्हल-सम्हल के
गड्ढे में रखा
फिर मिट्टी डाली इक मुट्ठी
थपथपाया हलके-हलके
फिर पानी छींटा
बोली मुस्कुराती सी
छोटी-छोटी काली आँखें चमकीं
पूछती वे बचड़ा!
एह लग जासी न
यह उग पैसी न पेड़
आवेंगे फूल इसपे
फल भी देगा इक दिन
छइयाँ देगा राहगीरों को
बच्चे झूला झूलेंगे क्या
उछल-कूद करेंगे बंदर
पक्षी चहके दिन और राती
गिलहरी ऊपर-नीचे आती-जाती
क्या कहते हो बचड़ा?
रब्ब जैसा यह पेड़
बनेगा घना व सुन्दर

जरूर
बेशक जरूर
ले के नाम गुरु का तू पानी देती रह
कृपा उस महा ईश की
यह बनेगा सुन्दर पेड़ जरूर।
पर यह तो बताओ
कौन सा पेड़ लगाया
इतने प्यार से कौन सा पौधा बोया?

बदाम!
बदाम का पौधा
बोली वह, चमकी आँखें
देख रही थीं बिन झपके
कुछ बता रही थीं,
कुछ पूछ रही थीं

बदाम?
यह तो जम्मू-कश्मीर वली होंदे न
यहाँ पंजाब में नहीं होते माँ।

हाँ, मेरे बच्चे
पता है मुझे
यह है बदाम का पौधा
तो क्या
यह उग जासी?

तो क्या
यह बन जाएगा पेड़ इक दिन।।

हाँ,
माँ, हाँ
तुम्हारे प्यार और दुलार से
तुम्हारे विश्वास और प्रार्थना से
इक दिन यह बन जाएगा पेड़ सुहाना
तू पानी देती रह
कृपा महा ईश की
इक दिन बन जाएगा पेड़ रब्ब जैसा।

हाँ
ठीक है
यह बन जाएगा पेड़

यह पेड़ सुनते बात दिलों की।
देख, मेरे बच्चे!
यह पौधा मुस्कुरा रहा है।
यह पेड़ सुनते बात सभी की।।

रूखड़े हो रूखड़े
बोल न सकने भावें
बंदेयाँ दे दुख पूछने।।

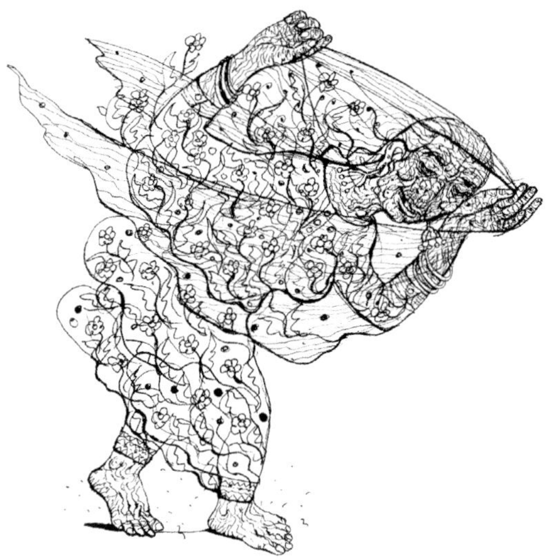

रूखड़े हो रूखड़े
बोल न सकने भावें
मना वाली बात बुझने।

रूखड़े हो रूखड़े
बोल न सकने भावें
रब्ब वाली रीति गांवदे।।

रूखड़े हो रूखड़े
बोल न सकने भावें
किडे सुहणे गीत गांवदे।।

छावां देन दे ठंडियाँ
मीठे फला नाल रंगियाँ
भला गांवदे
भला मंगदे
रब्ब कोलों मंगदे
सरबत वाला
भला मंगदे
यह रूखड़े

रूखड़े हो रूखड़े
रूखड़े हो रूखड़े

वह गाती रही
पानी देती रही।।

।। चमकता शेर ।।

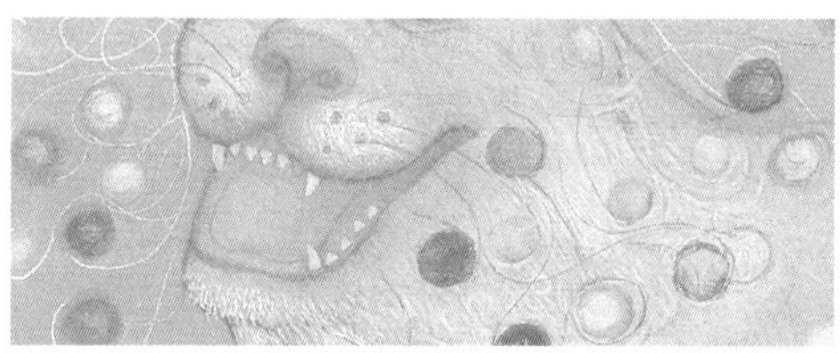

चमकता शेर। कैनवस पर गोल्ड लीफ और मिनरल पिगमेंट। 36" x 60"

।। चमकता शेर ।।

जाओ भिखू
वहाँ झरने के पास
बैठ रहो आधी खुली आँखों से
और झरने की गरज के साथ-साथ
एकसुर हो करो आवाज
अपने गहन अन्दर से भरके एक लम्बी साँस।

बैठ रहो तब तक जब तक
सुर सध न जाए एक साथ
तुम हो जाओ झरना
करो यात्रा दूर की
बन के बहता पानी।
जाओ भिखू, हर दिन सुबह
दिन ढले तक सत्संग करो
उस कल-कल बहते गरजते झरने के साथ।

बहुत दिनों तक
भिखू बैठा रहा
दूर जंगल में झरने के पास
दिन ढलते तक
कभी सताती भूख
तो कभी प्यास।

कभी-कभी सुर सधने लगता
तो चिड़िया पेड़ पे करती कलरव
उछलता बंदर करता घुड़की
कभी तेज हवा से गिरते पत्ते
कभी लहराती घास
चींटी पैर पे चुटकी लेती
मन में फन फैलाता साँप।

मुस्कुरा देना
कभी भय पकड़े तो
कहा गुरु ने
मत रोके अभ्यास

इक दिन शाम ढले
सुनहरी किरणें फैल रही थीं
बिखर रहा था सोना चारों ओर
पेड़ पे पक्षी लौट रहे थे
जब सध गया स्वर भिखू का
बहते झरने के सुर के सुर में
समय तो जैसे रूक-सा गया था
गौण हुआ 'मैं' का आभास।

तभी अधखुली आँखों से देखा
पास सामने चमकता पीलत शेर
ऊँचे स्वर में गरजन करता

आ रहा था पास और पास
छू सकते थे जैसे इतना पास।

मुस्कुरा दिया भिखू
करके गुरु को याद
शेर भी मुस्कुराया
लगा चमकने रंग-बिरंगा
जगमग करता
करता रहा आवाज
एक साथ, झरने के साथ
और भिखू के साथ-साथ।

।। पहाड़िया श्लेडा ।।

पहाड़िया श्लेडा। भूरे कागज़ पर चारकोल ड्राइंग। 42" x 52"

।। पहाड़िया श्लेडा ।।

।। ऊँची पहाड़ियों पे चढ़ना
चलते जाना थक-थक बैठना
कभी ऊपर देखना
कि कितना ऊपर और है जाना
कभी पीछे मुड़-मुड़
दूर नीचे छूट गए पहाड़ों, नदियाँ, गाँव, खेतों को देखना
तो कभी वहाँ नीचे
छोटी-छोटी डिबियाँ जैसे दिखतीं
रंग-बिरंगी छतों को।

नीचे की ओर आते
बकरियों के झुंड
मिनमिनाते, मैं-मैं करते।
भई तुममें से भगवान कौन?
जवाब आता 'मैं'
अरे बाबा! इतने भगवान एक साथ
उतर रहे पहाड़ियाँ।

भार से लदे गधे
मुँह नीचे किए
चढ़ाइयाँ चढ़ते जाते।
कभी टलियाँ बजाते

शोर मचाते भागते
उतरते आते पहाड़ियाँ।

धूप निखरी अभी-अभी
नीला आसमान
शुद्ध झोंका हवा का
खुशबू धीमी-धीमी हरे घास की
संकरे से रास्ते पे
पहाड़ी के मोड़ पर
खड़ा था, एक छोटा-सा बच्चा
नंगू, मंगू, भोला, गोलू, मोलू
मुँह में अंगुली दबाए
मुस्कुराता देख रहा एकटक।

पास से गुजर गए यात्री
होगा किसी पास के गाँव का
आसपास ही होगी इसकी माँ।
पीछे मुड़ के देखा
तो न था वहाँ बच्चा न कोई आसपास।
बहुत चिन्ता हुई सबको
छोटा सा था
कहीं खड्ड में न गिर गया हो
या कोई जानवर न ले भागा हो जंगल में।
हमें वहाँ प्रतीक्षा करना चाहिए थी

उसके साथ की, उसकी माँ की।
गड्ढे-खाइयों में देखा
नीचे-ऊपर, आगे-पीछे
न था कोई कहीं
आवाजें लगाते रहे कब तक खड़े वहाँ

फिर चल पड़े अपनी राह भारी मन से
भारी कदमों से भारी समय और चुपचाप।
कि वह बच्चा गया कहाँ?

आसमान पर बदलिया
रूप बदलती
कभी बनती, कभी मिटती
धूप कभी छाँव
चल रे मना भूल जा बीता
दूर तेरा गाँव।

बिलकुल वैसी ही सी पहाड़ी
इसी तरह दीखती घुमावदार मोड़
पीछे खुला आसमान
फिर से खड़ा था एक बच्चा
पर पहले वाले से उमर में बड़ा
जैसे दस-बारह साल का छोरा।
मुस्कुराता सीधा खड़ा

सफेद दाँत निकाले

गिल-गिलाया

हू हू गू गू गू गूगू

बिलकुल दिखता उस पहले वाले छोटे बच्चे जैसा।

इसी का भाई होगा, शायद।

अरे क्या नाम तेरा

वहाँ पीछे खड़ा रहा

छोटा भाई तेरा।

कहाँ से आए

जाना कहाँ

गाँव कौन सा

कौन तुम्हारे साथ?

आँखें चमकीं उसकी

बस मुस्कुराया और कुछ न बोला

हू हू गू गू गुगु गूगू करता वह रहा खड़ा।

पास से निकल गए सब चुपचाप।
पीछे मुड़ के देखा
वहाँ न कोई खड़ा
न दूर, न कोई आसपास।
कहाँ गया वह
यही था एक सवाल मन में सब के
पहले वाला भी ऐसे ही अचानक न जाने गया कहाँ
और अब भी ऐसा ही हुआ चमत्कार
कौन था वह?
बिलकुल दिखता पहले वाले छोटे बच्चे जैसा।
यह हो क्या रहा है?
यही था भयातुर सवाल।

सब धीरे-धीरे
एक दूसरे के पीछे-पीछे
सँकरी सी पगडंडी पे चलते
चढ़ने लगे चढ़ाइयाँ
सिर पे ऊँचा पहाड़
नीचे गहरी खाइयाँ,
बींडे की आवाज महा चुप्पी
और होती छोटी पैरों तले परछाइयाँ।

काला घना बादल उठ रहा था पूर्व दिशा से
नीचे पहाड़ियों में से बल खाता

लिपटना सा जहाँ-वहाँ से निकलता
नीचे पहाड़ियाँ गहरी काली हरी सी लगने लगतीं।
ऐसी ही धूप छाँव सी थी
मन में सबके उन दो बच्चों को देख के राह पे।
तेज-तेज साँसों के साथ बढ़ते कदम
अचानक फिर से एक बार देख के
रुकने से लगे वैसी ही पहाड़ी घुमावदार।
अब क्या होगा?
फिर से कोई खड़ा होगा क्या?
भय भरी उत्सुकता थी सब की
और मन में बहुत सवाल।

धीरे-धीरे चलने लगे सब
जुड़के लगभग एक दूसरे के साथ
सामने देखते चुपचाप।
अब क्या होगा यहाँ मुड़ते के साथ
देखा खड़ा एक जवान
नंगा बदन गले में वैसा ही ताबीज पहने
छोटे-छोटे बाल, काली छोटी आँखें
गोरे-गोरे लाल गाल फूट रही थीं मूँछें-दाढ़ी
छाती पर थे बाल।
शक्ल-सूरत बिलकुल वैसी
जैसे देखा छोटा बच्चा।
फिर दूसरा उससे बड़ा
जो था मोड़ पे खड़ा

और अचानक न जाने कहाँ दोनों खो गए थे
और अब था सामने यह तीसरा खड़ा।
यह है कौन
कहाँ से आया
मिलती-जुलती देह
चेहरा-मोहरा तीनों का एक-सा
न बोलते न देते जवाब कोई
बस मुस्कुराते देखते एकटक
जैसे उड़ाते मसकरी।

अब की बार न कुछ पूछा
न ही रुके पास से गुजर गए
चुपचाप ले के मन में बहुत सवाल
डर भी गए थे।
न देखा पीछे मुड़के।
अचानक ऊँची हँसी की आवाज
मुड़ के देखा पीछे
वहाँ कोई नहीं था, खड़ा।
बस हँसी की आवाज
परत के वापस आ रही थी दूर से पर्वतों के पार।

तेज-तेज कदमों से भागने से लगे थे सब
कोई छूट न जाए पीछे इसका था डर।

भरी दोपहरी गर्मी बढ़ गई थी
हवा तो जैसे रूक सी गई थी
बादल गड़गड़ा के ऊपर आने लगे छाया करते
सब भाग के बड़े से पत्थर के नीचे आ खड़े हुए सुकड़ के
धीरे-धीरे बढ़ती मूसलाधार होने लगी बारिश
इतना शोर करती बारिश की कोई बात सुनाई न दे।
कोई जोर से बोला-
वह कौन था?
न जाने कौन, नहीं पता
और साथ ही गरजे बादल, चमकी बिजली
शर्राटे का शोर न तू, न मैं, ना कोई बचा और

धूप ऊपर से नीचे की ओर बढ़ चली
एक आध पीछे छूट गया बादल भी
चला गया बरस के

चल पड़े यात्री फिर से एक बार।
अगले मोड़ पे फिर से रूक के खड़े हो गए
कहीं फिर से खड़ा हो कोई
तो क्या रास्ता छोड़ दें
छोड़ सकते भी नहीं
अब तो जाना ही होगा उस पार
आओ, चलते जाओ करके हिम्मत।

क्या देखा, आगे खड़े थे तीन जन।
एक वही छोटा लड़का जो देखा पहली बार
दूसरा बड़ा वाला जो मिला तीसरी बार
और साथ थी एक औरत।
जैसे पूरा एक परिवार।
मुस्कुराते से एकटक देखते।

यह क्या माया है
यह कौन किस रूप में आया है।
नहीं जानते, पर डर के खड़े रहने से तो होगा ही क्या?
न आगे के, न पीछे के
जाना तो होगा इसी रास्ते, जाना होगा पार।
करो स्वीकार और चलो बिन बात किए
किए बिना सवाल।

एक-एक करके पास से निकल भागे।
पीछे मुड़ के देखने की हिम्मत तो थी नहीं
पर रुका भी नहीं गया
और देखा, वहाँ कोई नहीं खड़ा था फिर से एक बार।

तेज कदमों से चलते
पानी पीने को भी न रुके
न बैठे, न किया वश्राम
न कोई बातचीत, न चूँ, न गिला

न किया पीछे छूटे किसी जने का अपमान।

दिन ढल रहा था शनै-शनै।
पीलत सुनहरी पहाड़ियाँ
बर्फीली चोटियाँ चमकने लगीं
आँखें चुँधिआतीं। पक्षी भी मँडराने
आसमान पे दिखने बन्द हो गए
नदी की आवाज वहाँ नीचे भर्रा-सी गई थी।

अब क्या कोई करे बात
या फिर दोहराते वही-वही शंक
कोई आत्मा, भूत-प्रेत, चुड़ैलें
या कोई संदेशे समझ के पार।
इतना साधारण भी नहीं था सब कुछ
न थी घटना ऐसी जिसे भूल सकें।
अनहोनी सी लग तो रही थी
भय बस गया चारों ओर
न जाने कब क्या हो जाए
अनिश्चितता का भाव
कि पहाड़ियाँ डराने लगीं हुई अँधेरी गहरी।
भर्रा गए थे गले,
न था कोई शब्द, न कोई आवाज।

अगले मोड़ पे खड़े थे-बुड्ढा और एक बुढ़िया।
झूर्रियों से भरे चेहरे, टूटे दाँत।
पर दिखते बिलकुल वैसे ही
जैसे देखे पहले चार।
एकटक देखते मुस्कुराते खड़े झुके हुए से।

उदासी और अकेलेपन का हुआ अहसास।
अँधेरा भी अब घिरने लगा था।
बुड्ढा और एक बुढ़िया ही तो हैं
डरो मत, बैठो इनके पास
नहीं तो चलो राह अपनी, करके प्रणाम।

एक-एक कर सब निकल गए
लेके डर, भय और बहुत सवाल।
भागने लगे ऊपर की ओर
कोई आगे निकल गया था
कोई रह गया पीछे
बस लगी थी ऊपर पहुँचने की होड़।
सूर्य अस्त हो रहा था
लालिमा पकड़ रहा एक दिशा में एक किनारा
दूसरा गहरा नीला काला।

अँधेरे से पहले पहुँचना होगा वहाँ चोटी पे
वहाँ उस तालाब के पार।

ठहरा सा चमकता पानी
और गहरी परछाईं पहाड़ की
कहीं-कहीं कोई लहर सी उठती
गोल घेरा बनाती मिटती
कभी छोटा घेरा तो कभी बड़ा।
किनारे छोड़ गया था पानी
दल-दल में कोई मछली तड़प रही थी
और पास ही दिखने लगीं कुछ हड्डियाँ।
जानवरों की हड्डियाँ बड़े-बड़े जबड़े
दाँत, सींग, टाँगें, खुर, पसलियाँ
और फिर आदमी की खोपड़ियाँ
हाथ, पैर, पसलियाँ
हड्डियों का ढेर धीरे-धीरे
गिल-गिलाते बच्चे की आवाज आने लगी
फिर हँसते बच्चे की आवाज
फिर और आवाजें फिर बहुत सी
हँसने-रोने की आवाज एक साथ
सारा पहाड़ हँसने लगा

अँधेरा बढ़ रहा था।
भागने लगे सब पहुँचना था उस पार
गहरे अँधेरे से पहले।

।। रँगली चिड़िया ।।

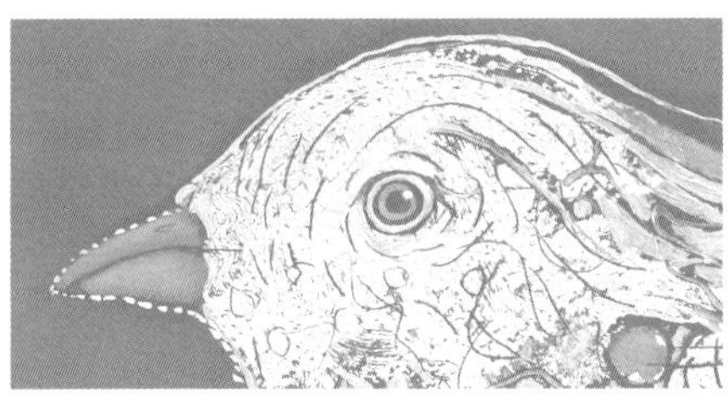

रँगली चिड़िया। कागज़ पर गोल्ड लीफ और मिनरल पिगमेंट। 30" x 36"

।। रँगली चिड़िया ।।

फूल घाटी हेमकुंट

फूल घाटी की ओर जाते
घाँघरिया से कुछ ही दूर
रास्ते में एक झरना बहता है
आकाश मार्ग से आता जैसे।
सब को भिंगोता जरूर एक बार
तब ही उसके पास से निकल सकते
शोर करता, उछलता
पत्थरों को धकेलता-सा
पानी बहता जाता नीचे की ओर।

पक्षी करते अठखेलियाँ
उड़-उड़ आते, मुड़-मुड़ जाते
जैसे आकाश में ही पीते पानी
करते स्नान पवित्र जल में।

दूर बैठा देखता रहा वह
एक बड़ी सी चट्टान पे
करता रहा दर्शन उस ऊपर से गिरते
नीचे बहते जल का पैरों के पास।
तभी सामने बिलकुल पास
चट्टान पे आ बैठा एक पक्षी
काले-काले पंख और सन्तरी चोंच वाला

कुछ करने लगा आवाज।
बहुत अलग सी, बहुत मधुर सी
गाता कोई गीत जैसे बतियाता कोई प्रेमी।
नीचे स्वर में चू-चू करता
कभी ऊँचे स्वर में गाता
चहचहाता लम्बी तान लगाता
फुदकता एक ही जगह खड़ा-खड़ा।
पंख खोल के पूरे-पूरे अपने अन्दर झाँके
रंग-बिरंगे पंख देखता। फिर बंद करता।
कभी एक ओर से खोलता तो
कभी दूसरी ओर से बंद करता
खड़ा-खड़ा नृत्य करता फडफड़ाता सा।

खेल चलता रहा बहुत देर तक
वह देखता रहा बैठा
और भूल ही गया कि दोपहर तक
फूल घाटी पहुँचना भी है।

साथी बहुत दूर निकल गए होंगे
शायद पहुँचने वाले भी होंगे फूल घाटी
अब तक पर वह बैठा रहा न जाने कब तक।
देखता रहा, उस रँगले नाचते पक्षी को।
मस्त पक्षी जो ऐसे नाटक कर रहा था
अपने-आपे में मगन
जैसे उसको कोई देख ही न रहा हो।
प्यार से भरा वह नन्हा पक्षी अपने आपे में
पात्र भी वह, दर्शक भी वह स्वयं।

तभी वापस आते हो-हल्ला करते
पर्वतारोही डंगोरिया बचाते भागते से
उतर रहे थे नीचे। साथी दूर से ऊँची
आवाज में बोलते आकर बोले,
वहाँ फूल घाटी के रास्ते में बर्फ खिसक गई
और वह सँकरा रास्ता बन्द हो गया
हमें वापस आना पड़ा।
अच्छा हुआ, तुम यही बैठे रहे।
वह पक्षी अभी भी पत्थर पे बैठा
गीत गा रहा था, नाच रहा था।
तभी एक और चिड़िया आई
और वह दोनों उड़ चले आकाश की ओर.....।।

।। वीनस की पुनःवापसी ।।

वीनस की पुनःवापसी। कैनवस पर गोल्ड, सिल्वर लीफ और मिनरल पिगमेंट। 30" x 60"

।। वीनस की पुनःवापसी ।।

।। स्वीडन देश में

हेडा गाँव के पास

ओमबरीया पर्वत के नीचे।।

।। इतना घना जंगल
कि सूर्य की किरण तक नहीं पहुँचती
नीचे धरती पे।
अँधेरा रहता है घुप वहाँ
और बींडो की एक सुर गाती आवाज लगातार

टहनियों को हटाते
आगे बढ़ रहे थे, हम
वह देखो! वह बोली
अचानक चलते-चलते।
देखो, वहाँ बहुत सी रोशनी
वहाँ तालाब होगा जरूर
या फिर कोई घर

हम उसी ओर चलने लगे
पानी चमकता झिल-मिल कर दिखने लगा
पेड़ों के बीच से झाँकता सा।
तेज रोशनी आँखें चुँधिआती-सी
हजारों सूर्य चमक उठे
टिमटिमाते से हीरे जैसे

रुको
वह बोली दबे-से स्वर में
हाथ पकड़ खड़ी हो गई।
नहीं, वहाँ आगे नहीं जाएँगे हम
वहाँ पानी के किनारे वो खड़ी है।
देख, वहाँ खड़ी है।

कौन खड़ी है? कहाँ?
और वह क्या कर देगी हमको?
क्या कहेगी हमको?

हमको नहीं
सिर्फ तुमको, आदमियों को
सुन्दर औरत देखके
पीछे लग पड़ते हो न, तुम लोग
यह जमाँदरू विकार है, तुम जैसों में।

वह सुन्दर हुलदरा खड़ी है वहाँ
निर्वस्त्र, सुनहरे बालों वाली
श्वेत मूर्ति जैसे चिकनी चमकदार त्वचा
नीली आँखों वाली
ऊँची लम्बी लाल होंठ और
विशाल ललाट वाली हुलदरा
बिलकुल वैसी जैसे
बाटी शैली के चित्र में वीनस जैसी!

ठहरो, रुको यहाँ
आगे मत बढ़ो एक कदम भी और
नहीं देखो उसकी आँखों में।
मोहिनी-सम्मोहिनी है वो।
आदमी उसके पीछे-पीछे चलने लगते हैं
और जंगल में खो जाते हैं।
वह मुस्कुराती हुई उलटे पाँव चलती
पीठ नहीं दिखाती।
और बीच घने जंगल में पहुँच के
न जाने कहाँ खो जाती?
डरी-सी वह एक साँस फुसफुसाती-सी बोलती रही
न जाने कब तक।

और वह हाथ छुड़वा के
एकटक हुलदरा को देखता हुआ
तालाब के किनारे-किनारे
उसके और पास और पास जाने लगा
हुलदरा जंगल के अँधेरे में उलटे पाँव
वापस चलने लगी।
दूर-बहुत दूर, घने जंगल में,
वह उसके पीछे-पीछे
अनजाने जंगल में चलने लगा

अचानक जोर की आवाज हुई चीख जैसी।
एक सुनहरी पक्षी चील जैसा

उड़के आ बैठा बीच में
अपनी लाल-लाल आँखों से
घूरता-सा रहा उसको
और फिर क्षण-भर में चीख मारता-सा
उड़ गया तालाब की ओर।

आँख खुल गई जैसे
वह जंगल के बीचोबीच खड़ा था
हुलदरा अब वहाँ नहीं थी।

देख, मैंने तुम्हें रोका था न
भागती-सी आई वह और हाथ
पकड़ के बोली
शुक्र है, वह सुनहरा पक्षी आ गया बीच में
नहीं तो न जाने क्या होना था
मैं न रोक पाई तुमको।
चलो, अब जल्दी से वापिस चलो
उस रोशनी की ओर फिर से
बहुत दूर नहीं निकले हम जंगल में
अँधेरे से पहले-पहले पहुँचना है वहाँ
चलो तेज कदम
और वह लगभग खींचती सी ले चली
उस मध्यम पड़ती रोशनी की ओर
फिर से एक बार

शनै-शनै
अँधेरा गहन होता गया लगातार
दूर किसी घर में थी रोशनी
जा खड़े हुए थके-माँदे
वहाँ उस घर के द्वार।

आओ, अन्दर आओ
बड़े से लकड़ी के दरवाजे को खोलते
एक दैत्यकाय आदमी बाहर निकला।
कहाँ से आए इतनी गई रात?
रुक जाओ आज रात भर यहीं।

कॉफी और बिस्कुट खाते
हुलदरा के बारे में बताया हमने।
ओह! तो बच गए आप
उस सुनहरे पक्षी की वजह से आज।
न जाने कहाँ ले जाती और
लुप्त हो जाती स्वयं न जाने कहाँ
उससे बचने का एक ही तरीका है
अगर कोई देख ले पीठ उसकी
जो पुराने पेड़ को लगी दीमक
की तरह एक तरफ से खाली
बिलकुल दिखती वैसी
पर देखने कहाँ देती है
चलती है आगे-आगे

उलटे पाँव सामने देखती
आँखों में आँखें डाल
ले जाती घने जंगल में अनजानी राह पे।
बहुत सुन्दर है वह और पीछे से खाली।

वह वीनस है निर्वस्त्र
मोहिनी-सम्मोहिनी
प्रकृति की बेटी
प्रकृति से आई
और फिर से होती पुनःवापसी

वह जोर-जोर से हँसा
और हँसता रहा देर तक।।

।। गुलाबी कान वाला हाथी ।।

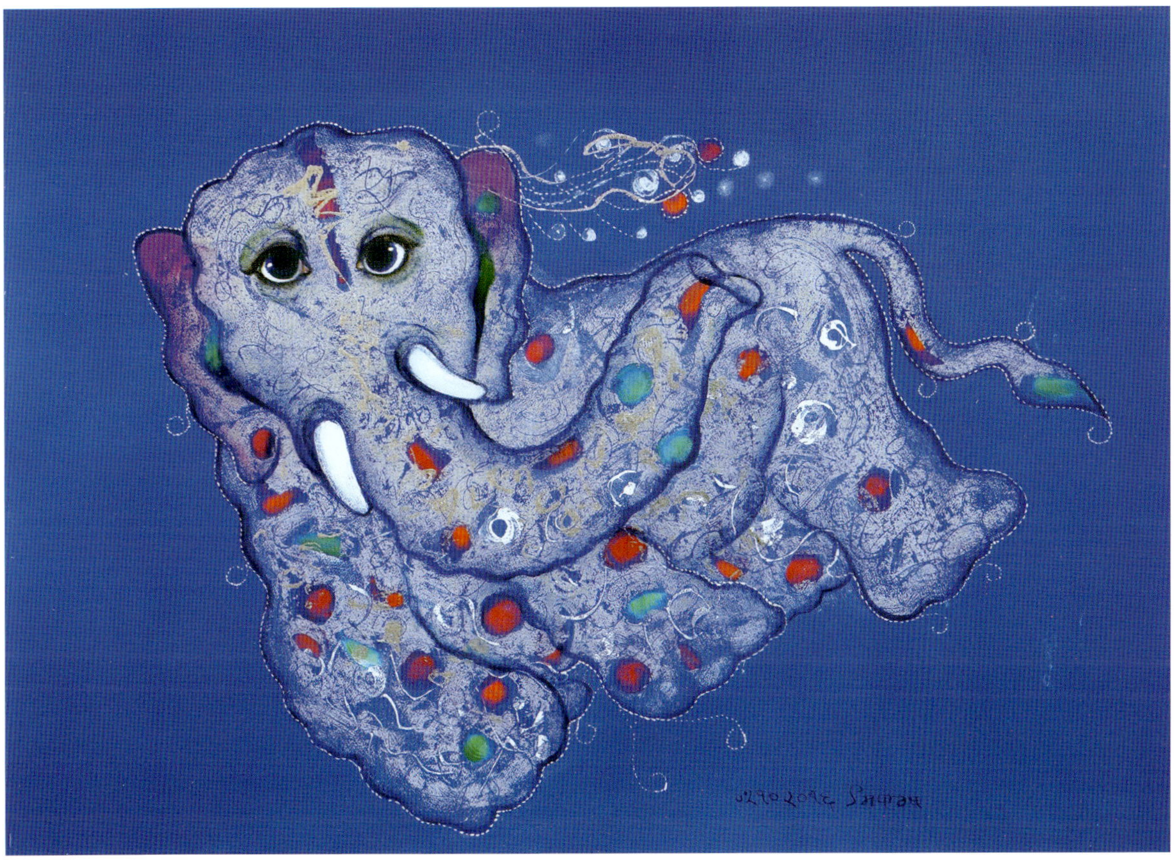

गुलाबी कान वाला हाथी। कागज़ पर सिल्वर लीफ और मिनरल पिगमेंट। 32" x 42"

।। गुलाबी कान वाला हाथी ।।

1988-जिमकार्बेट पार्क में

।। नई-नई खरीदी मारुति-800 कार
वीडियो कैमरा और निकल पड़े
तीन बच्चों को साथ बिठाया
जिमकार्बेट टाइगर पार्क की ओर

टाइगर सेंचुरी जिमकार्बेट के द्वार पे
गाड़ी रोक के, गार्ड बहुत कुछ बनाते।
रास्ते में ढिकाला पहुँचने तक गाड़ी से
नहीं उतरना। खाना चिप्स आदि
नहीं खाना। कार की विंडो पूरी खोल
के नहीं चलना। हाथ बाहिर नहीं निकालना।
शोर नहीं करना। हारन नहीं बजाना।
हाथियों का झुंड सड़क पार कर रहा
हो तो गाड़ी खड़ी करके इंतजार करना।
टाइगर बीच सड़क में बैठा हो तो
दूर खड़े रहना। गाड़ी बहुत तेज नहीं चलाना
और प्रतीक्षा करो जब तक तीन-चार
गाड़ियाँ इकट्ठी न चलें तब तक।

दो गाड़ियाँ आगे हमारे
हम पीछे-पीछे।
हाथियों का झुंड पार कर रहा था
दूर खड़े-खड़े गाड़ी के अन्दर से ही
वीडियो करते रहे।
थोड़ी दूर आगे चलके
हिरणों की एक डार
नाचते से हमारे सामने से निकल भागी
फिर बारासिंगे आ खड़े हुए आसपास
चलती गाड़ियाँ देखते से।
कभी कोई जंगली सूअर भाग के सड़क
पार करता तो कभी पक्षी फर से
एक ओर से उड़ के दूसरी ओर
जंगल में खो जाते।
एक पल में महा चुप्पी फैल जाती
बींड़े की एक सुर आवाज गूँज उठती
तो कभी दूर किसी शेर-बघेरे की

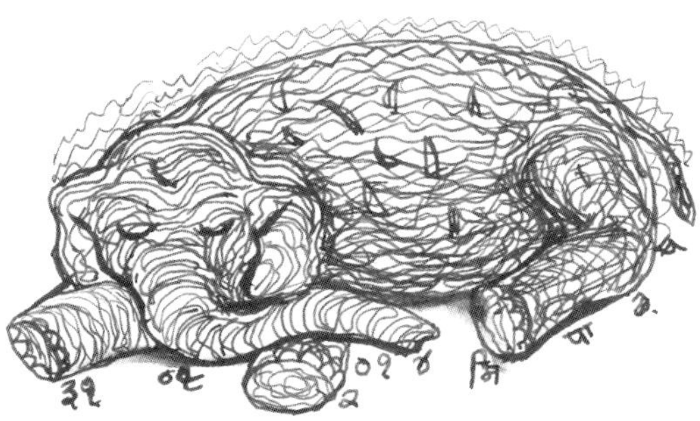

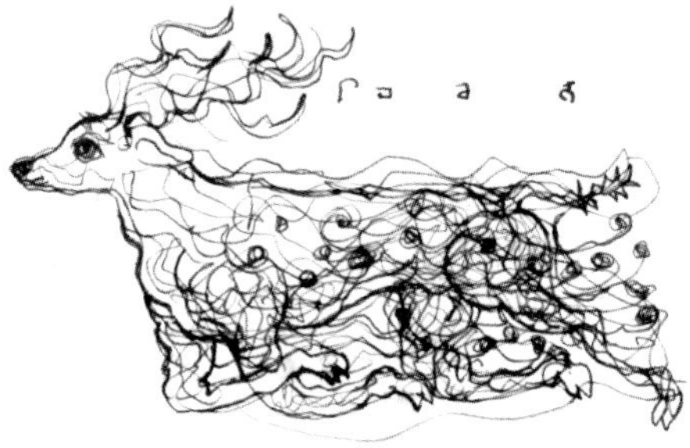

गरज सुनाई देती।
आगे चलती गाड़ियाँ काफी दूर निकल गईं
देखा, एक हाथी खड़ा था अकेला
सड़क किनारे लगे भाँग के पौधों के
बीचोबीच खा रहा हरी-भरी भाँग
मस्त अपने-आप में। उसके गुलाबी कान
बार-बार झूलते फडफड़ाते।

रुक गए लम्बे समय तक वीडियो करते रहे।
कभी आगे से तो कभी पीछे से।
आँखों के बिलकुल पास से तो
कभी पीछे हिलती पूँछ।
धीरे-धीरे हिलते पैर आगे-पीछे झूलते से
पीठ पे बैठी चिड़िया। पत्ते-टहनियों का हिलना
सूँड़ से पौधे उखाड़ना, मुँह में डालना
उड़ती हुई तितलियाँ जैसे बुनती सलाइयाँ
एक फूल से दूसरे पे यह गईं और वो गईं।
दूर तक जाती पगडंडी जंगल में खो जाती
खुश होते बच्चे तालियाँ बजाते
और सड़क पर खड़ी सफेद कार
की वीडियो बन तैयार।

शाम को

जल्दी खाना दिया जाता है-ढिकाला कैम्प में

और जल्दी बत्तियाँ बुझा के एक हॉल में

कुछ फिल्में दिखाई जातीं जंगल जीवन की

फिर वहाँ का मुखिया टाइगर और हाथियों

के स्वभाव के बारे में बताता।

कभी कोई सैलानी अपनी खींची हुई वीडियो भी दिखाता।

मैंने भी दिखाई।

आज ही बनाई हुई वह वीडियो

एक हाथी की बहुत पास से।

जिमकार्बेट का मुखिया

वीडियो क्लिप खत्म होते ही

आगबबूला हो गया

क्यूँ गए तुम इस हाथी के इतना पास

जानते नहीं तुम, इस गुलाबी कान वाले हाथी को?

फुटबॉल बना देता है कारों को

जो भी मिल जाए रास्ते पे।

और तुम बच्चों समेत कार खड़ी करके

बहुत पास जाके वीडियो बनाते रहे।

आज तो बहुत बड़ी दुर्घटना होने वाली थी

शुक्र है भगवान का, पता नहीं क्या सोच

के खड़ा था यह गुलाबी कान वाला हाथी

या क्या था कुछ खास तेरे में

जो इसने तुम सबको आने दिया ढिकाला तक।

क्या कहूँ अब मैं तुमको?
प्यार भी आता है, दया भी
आज मौत के मुँह से बच कर आए हो।
यह हाथी आज रात को कैंप पे
हमला जरूर करेगा, मैं इस के
स्वभाव को जानता हूँ
जब भी कोई कार या आदमी इससे बचके
निकल आए तो यह रात को जरूर आता है।
रेंजर और बचाव दल को आदेश देते हुए
मुखिया ने कहा, आज रात तैयार रहो
नकली गोलियाँ चलाना
और काँटेदार तारों में हल्का-सा करंट भी शुरू करो
और ध्यान रहे, हाथी को नुकसान नहीं होना चाहिए।
और कल सुबह उसको जंगल की ओर खदेड़ो।
सुबह किसी के भी ठिकाना छोड़ने
या अन्दर आने पर रोक लगाओ
और जाने वालों के साथ-साथ
बचाव दल आगे-आगे जीप लेके जाओ।

तभी बाहर गोलियाँ चलने की आवाज हुई
हाथी ने जोर से चिंघाड़ते हुए अपनी सूँड़
और पैरों को पटकते हुए धूल उड़ा दी
और जंगल के अँधेरे में लुप्त हो गया।

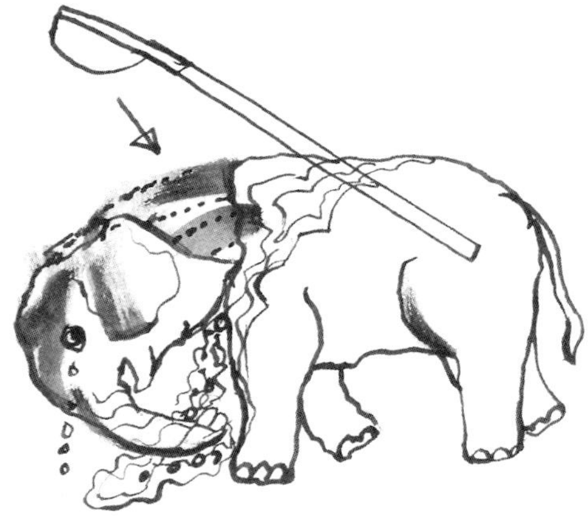

देखा तुमने

यह फिर आएगा

अबकी बार यह फैंस पर अटैक करेगा

होशियार रहो जवानो, पटाखा गोलियाँ चलाओ

शोर करो, जब भी वो आए

दुखी मन से मुखिया ने आदेश दिया

यह जंगल तो इन्हीं का है

यही इनका घर है, निवास है

हम इनसानों ने घुसपैठ की है हर जगह

इनके घर पे, खाने पे

इनकी नदियाँ और तलाबों पे।

देखा नहीं, अफ्रीका में कितने हाथी

मार दिए हैं यह कह कर कि इनकी

तादाद बढ़ गई तो जंगल को नुकसान होगा

सदियों से जंगल और यह जानवर एक साथ रहते हैं

एक दूसरे के बन्धन में एक सुर

कोई जंगल कम नहीं हुए

जंगल खुश होता है, इनके होने से

फलता-फूलता है इनके साथ और बढ़ता है।

कौन होते हैं हम यह फैसला करने वाले?

हम चोर हैं इनकी खालों के
इनके दाँतों का व्यापार करते हैं
हम अपने-आपको महान बताने वाले इनसान।

आज कितने टाइगर मार दिए गए हैं
अब महान बनने का दिखावा करके हम
पार्क बनाते हैं इनके बचाव के लिए
मेरे बस में हो तो मैं आदमी का
आना बंद कर दूँ जंगलों में।
डाइरेक्टर साब की आँखें भींग गई थीं
बहुत कुछ बताते रहे
गला रुँध गया था।
देखो, मैं जानता हूँ, वह फिर आएगा।
मैं जानता हूँ उसे।
वह अपने झुंड से भी अलग रहता है।
भाँग खाता है सारा-सारा दिन।
तुझमें भी ज़रूर कुछ अच्छा रहा होगा
जो उसने तुम्हें उस वक्त कुछ नहीं कहा
अब शायद तुम्हें ही मिलने आता है।

सहज भाव से मुखिया ने कहा,
ठीक है तो इस बार मैं ही उससे बात करूँगा
माफी भी माँगूँगा और करूँगा प्रार्थना
कृपया कोई गोली मत चलाना, न शोर करना

मेरा विश्वास है, वह मेरी बात सुनेगा।
तभी वह गुलाबी कान वाला दैत्याकार हाथी
भागता-चिंघाड़ता फैंस की ओर भागता आया
और अचानक आ के खड़ा हो गया।
मिट्टी-धूल का गुबार-सा आसमान पे छा-सा गया।

मुखिया फैंस के पास जा के खड़ा हो गया
अब की बार किसी ने न गोली चलाई, न शोर किया।
सब शान्त, मूक भाव से खड़े देखते रहे।
हाथी फैंस के पास आ के खड़ा हो गया।
धीरे-धीरे पैर पटकना और शोर करना
बंद किया हाथी ने और कुछ समय में
सब शांत हुआ। मिट्टी का गुबार भी
नीचे बैठने लगा। महा चुप्पी सध गई।

मुखिया ने धीरे-धीरे स्वर में बोलते कहा :

हे गजराज!
महाप्रकृति पुत्र,
हम इनसानों की गलतियों को बख्श दो।
हमने इस शांत, स्वचलित जंगल
संसार को बेसुरा किया है।
हमने अपने सुखों को बढ़ावा दे के मुखर हो स्वार्थ
के मारे प्रकृति का शोषण करते

स्वयं को अन्तहीन दुखों में धकेल दिया है।
हम इनसानों ने प्रकृति की हर
सुन्दरतम धरोहर को अपने लालचवश
जरूरत से ज्यादा प्रयोग किया है
और अपने लालच में फँस के दुःपरिणाम के
भोगी होकर दुख, संताप और बीमारियों में घिर गए हैं।

हे गजराज! हम अभागे, अज्ञानी
स्वयं तो परेशान हुए ही हैं और अपने बचाव
का सामान इकट्ठे करते-करते
चराचर जगत के सभी जीवों के अन्त का
कारण भी बने हुए हैं।

हे महाकाय! श्री गणेश
संसार के चलन के प्रथम देव
अब कृपा करो और लौट जाओ
अपने सुन्दर वन को।
हम तुम्हारी कृपा
तुम्हारा गुस्सा, नफरत
और अस्वीकार के योग्य भी नहीं हैं।

हे महाकाय!
अब तुम लौट जाओ
अपनी प्रकृति में

और हम इनसानों से
पीठ कर लो सदा-सदा!

धीरे-धीरे हाथी वापस मुड़ा
जंगल की ओर जाने लगा
पिछले पैरों से मिट्टी उड़ाई
जो सब के सिरों में भर गई
गड्ढे से पानी पिया
और आसमान में फव्वारा-सा छोड़ते
जंगल के अँधेरे में खो गया।।

।। पहाड़ी ।।

पहाड़ी। कैनवस पर गोल्ड लीफ और मिनरल पिगमेंट। 57" x 57"

।। पहाड़ी ।।

वह ऊँची पहाड़ी पे खड़े हो
चारों ओर देखता रहा दूर नीचे पूर्व की ओर
वहाँ नीचे एक छोटा-सा गाँव
व पास ही काँच-सी चमकती बलखाती नदी
और बीच में घना हरा-भरा जंगल दिख रहा था दूर

जंगल के बीचोबीच,
चुप से घने जंगल में
एक पेड़ के नीचे बैठ रहा सुस्ताता-सा।
हिरणों का झुंड भागता
पास से निकल गया।
पक्षी आवाज करते हुए
पेड़ों से उड़ चले।
पत्ते गिरने लगे लगातार
चीख-चिलाहट से भर गया
जैसे जंगल-संसार।
तीखी गंध जलने की
और घिर गया चारों ओर
धुएँ का गुबार।
दूर नीचे आग की लपटें दीखने लगीं।
जो बढ़ रही थीं ऊपर को तेजी से लगातार
चरमरा कर गिरने लगे पेड़ और जलते पत्तों की
कड़कड़ाहट आने लगी और पास, बहुत पास।

उठ भागा वह अनजाने में एक ओर
पर फिसल के गिर गया ऊपर से नीचे
घिसटता-पिसटता गिरा गहरे नाले में
बह रहा था जिसमें पानी और आसपास थी
बहुत दल-दल। सन गया कीचड़ में
सर से तल तक और वहीं पड़ा रहा।
आग की लपटें चारों ओर ऊपर से होकर
निकल रही थीं। बहुत सेंक था।
पसीने से तर-ब-तर हुआ वह
अपने ऊपर पानी डाल लेता कभी-कभी।
ऊपर से गिर रही थीं जली हुई डालियाँ और पत्ते
पर वह ओटक में बैठा रहा बिना हिले, बिन आवाज।

कुछ देर बाद आग की लपटें बन्द हो गईं।
जलती हुई लकड़ियाँ और पेड़ की डालियों के
गिरने की आवाज दूर से आने लगी
गर्मी कुछ कम हुई, थोड़ी ठंडी हवा
आने लगी फिर से एक बार।

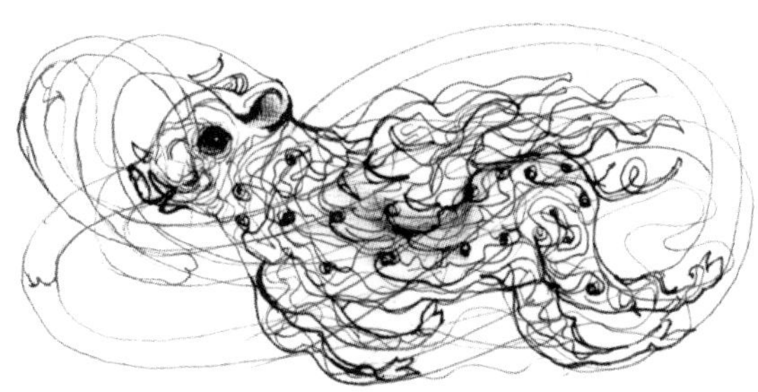

वह धीरे-धीरे उठा

और खड्ड से निकल कर देखा

कि जंगल जल के राख

हुआ था। कालेपन में कहीं-कहीं

हरिआवल दिखती कहीं-कहीं कोई

छोटा सा फूल खिला था पत्थर के पीछे छिप के।

वह उसी रास्ते पे फिर से पहुँचा हिम्मत करके

वहाँ खड़ा था कोई

मुस्कुराता चमकती आँखों वाला

झुर्रियों से भरा मुख था जंगल जैसा

न औरत, न आदमी

उजले-उजले बालों वाला। मिट्टी जैसा

हाथ में एक टहनी जो लदी पड़ी थी फल से
आगे बढ़ाते बोला माँ के जैसा
लो, खा लो यह खुरमानियाँ, अमृत है इस जंगल का।
आग से निकल के आए हो न।
जले तो नहीं न, कहीं से बचड़ा?
कालिख मिट्टी से सन्न हो और थके हुए भी।
आ बैठ इस पेड़ के नीचे
यहाँ है थोड़ी सी बची हरी घास।

पशु-पक्षी तो जानते हैं
किधर और कैसे किस दिशा में
बच के जाना, उड़ना-छिपना।
साँप, सलुँडे, केंचुए, बिच्छू, चींटे
सब यहीं धरती के नीचे।
पेड़ तो भाग नहीं सकते हैं न जाते छोड़ के मिट्टी।
झुलस गए हैं, जल भी गए हैं
फिर आ जाएँगे होके हरे-भरे
देंगे छइयाँ, फल और जड़ियाँ
निःस्वार्थ तुमको बचड़ा।

यह आग भी वहाँ नीचे
किसी इनसान की भूल है
या कहूँ मूढ़ता।
यह कैसा है इनसान
खेलता है आग से

पानी से, हवा से, मिट्टी से
बनता है मालिक सबका।
और भयावहता देख पानी की।
मिट्टी की सहनशीलता
हवा का तेज और आग का सेंक
भयभीत हो भागता बिन सोचे-समझे
सँभाल नहीं पाता एक मुट्ठी मिट्टी
फिसलता गिर-गिर पड़ता बदहवास

बचड़ा, तू सो जा कुछ खा के फल औ पी के पानी
करो आराम मैं हूँ यहाँ सिरहाने तेरे।
जब तक चाहो सो जाए।

कब सो गया सुनते-सुनते बात।
उठा जब चमक पड़ी
ढलते सूर्य की किरणों की।

बची हुई खुरमानियाँ पड़ी थीं
चींटियाँ इकट्ठी हो गई थीं वहाँ
उठा के ले जा रही थीं अपना-अपना भार।
याद किया उस जंगल मिट्टी जैसे मुख को
मुस्कुरा दिया
कौन था वह
कहाँ से आया
शायद वह सदा से यहीं था
अभी भी यहीं है।
वह माँ थी, पिता था
या फिर कौन?
शायद वह यही पहाड़ी थी
जिस पे फैली थी आग।
वह वही पहाड़ी थी।
शान्त, सहनशील, मुस्काती सदा-सदा।

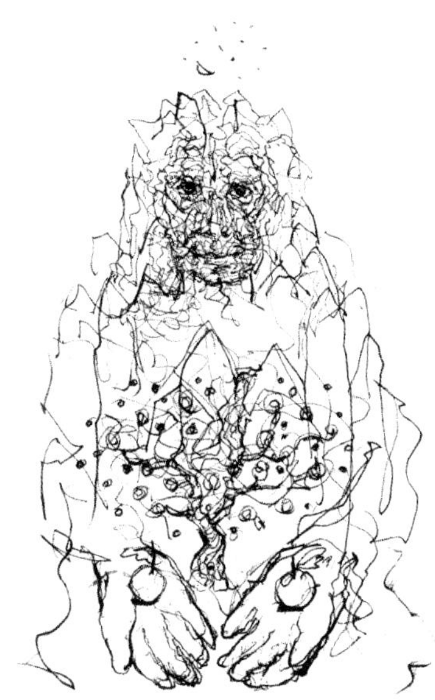

।। हनुमान ।।

हनुमान। कागज़ पर सिल्वर लीफ और मिनरल पिगमेंट। 30" x 45"

।। हनुमान ।।

बद्रीनाथ से वासूधारा,
वासूधारा से वासूकीताल
नीला शुद्ध पानी
दूर तक फैला आसमान
उतर आया जैसे
बर्फीली पहाड़ियों के बीचोबीच ।।

नीचे की ओर तपोवन की ओर जाते
हरे, पीले, लाल, गंधले व शुद्ध बर्फीले
पानी की उग्र बहती धाराओं को पार
करते नन्दन वन की ओर बढ़ चले।
तेज गति से बहती उछलती सँकरी सी
बर्फीली धाराएँ इतना छोर करतीं कि
अपनी आवाज भी सुनाई न दे। आपस
में इशारों से बात करते आगे बढ़ते
पर्वतारोही कभी बादलों में घिर जाते
मानो आकाश में चल रहे हों तो कभी
लगता कि देवी-देवते उड़ते हुए आ मिलेंगे
तो कभी परियाँ उड़ती हुई
दिखाई देने लगतीं ।।

इस ऊँचाई पे ऑक्सीजन की कमी
की वजह से कई बार भ्रम होने लगते हैं

किसी-किसी को तो बहुत विचित्र किस्म
के चेहरे व आकार दिखने लगते हैं।
तो किसी को भूत-प्रेत। कभी-कभार
किसी-किसी को देवते भी दिखने लगते हैं।
सब अपने-अपने मन के भाव दबाए हैं।।
बहुत बार गहरी खड्ड में रास्ता दीखने
लगता है और दुर्घटनाएँ हो जाती हैं।।
गाइड के साथ-साथ चलते
पोर्टर ने हाँ में हाँ मिलाते बताया
जी साब, जी! वैसे भी यह वही जगह है
जहाँ हनुमान जी संजीवनी बूटी लेने
आए थे। वह देखिए नीचे नंदन वन
और इधर दायें की ओर तपोवन।
वहाँ नीचे पहाड़ी के पीछे गौमुख
और उसके पास ही लालबाबा का मन्दिर।।
आज शाम हम नंदन वन में रुद्र गंगा के
पास ही तम्बू लगाएँगे।

ध्यान रहे, सब जने सदा की तरह
सूर्य अस्त से पहले खाना खा लो
फिर जल्दी सो जाओ अच्छी तरह
से अपने आप को ढक के। मध्य रात्रि
मे यहाँ तापमान 300° से नीचे
जा सकता है। इसलिए मध्य रात्रि
के प्रहर के बाद कोई भी लेट

के न सोए तो अच्छा होगा। बैठ
कर झपकी ले सकते हो वैसे भी
इस देव-भूमि में अमृत वेले में
जागकर आनन्द लो। चुपचाप लीन
होकर बैठ रहो। सूर्य दर्शन के
साथ ही हम आगे चल देंगे
तपोवन से होते हुए
गौमुख की ओर।।
रात को धीरे-धीरे पहाड़ियाँ चमकने लगीं।
चाँदनी फैलने लगी ऐसे कोई रंगमंच
पे नाटक की शुरुआत जैसे।
चाँद थाली की तरह बड़ा-सा चमकता
गोला पहाड़ के पीछे से झाँकने लगा
आसमान जगमगा उठा और श्वेत
बर्फो लदी पहाड़ियों के गहन अँधेरे और
चमकते उजाले पहाड़ों के बीच
काँच की तरह चमकती जलधाराएँ विद्यमान हो उठीं।

तम्बू की झीत से देखते
आँखें चुँधिया जातीं।
तम्बू अन्दर रोशनी से भर सा गया था
ठंडी चाँदनी रात में दूर तक

छोटी-छोटी जड़ी-बूटी की झाड़ियाँ
हवा में झूलती सितारों की तरह
टिमटिमाती सी नज़र आतीं।

कुछ मानव आकार से चलते
हुए आ रहे थे ऊपर की
पहाड़ी से बर्फ पर कदमों के
निशान छोड़ते बढ़ रहे थे एक
छोटे से पानी के गड्ढे की ओर
और आ के उस पानी में उतर के
गले तक डूब के बैठने लगे।
दोनों हाथों को अपने मुँह और
नाक पर जोड़ सा दिया बिलकुल ऐसे
जैसे कोई प्रार्थना करता हो
आँखें बन्द करके मंदिर में।।

।। संसार ।।

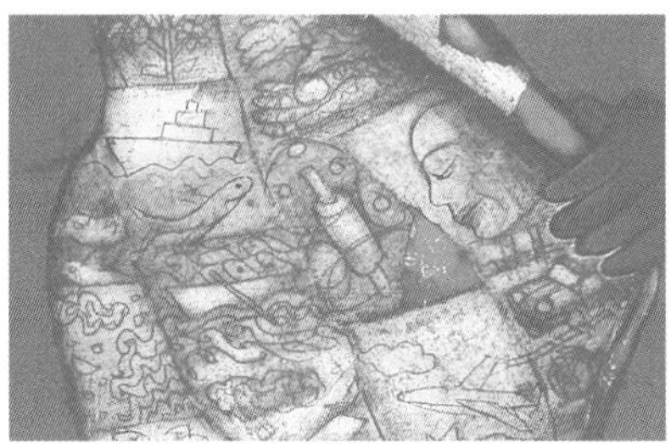

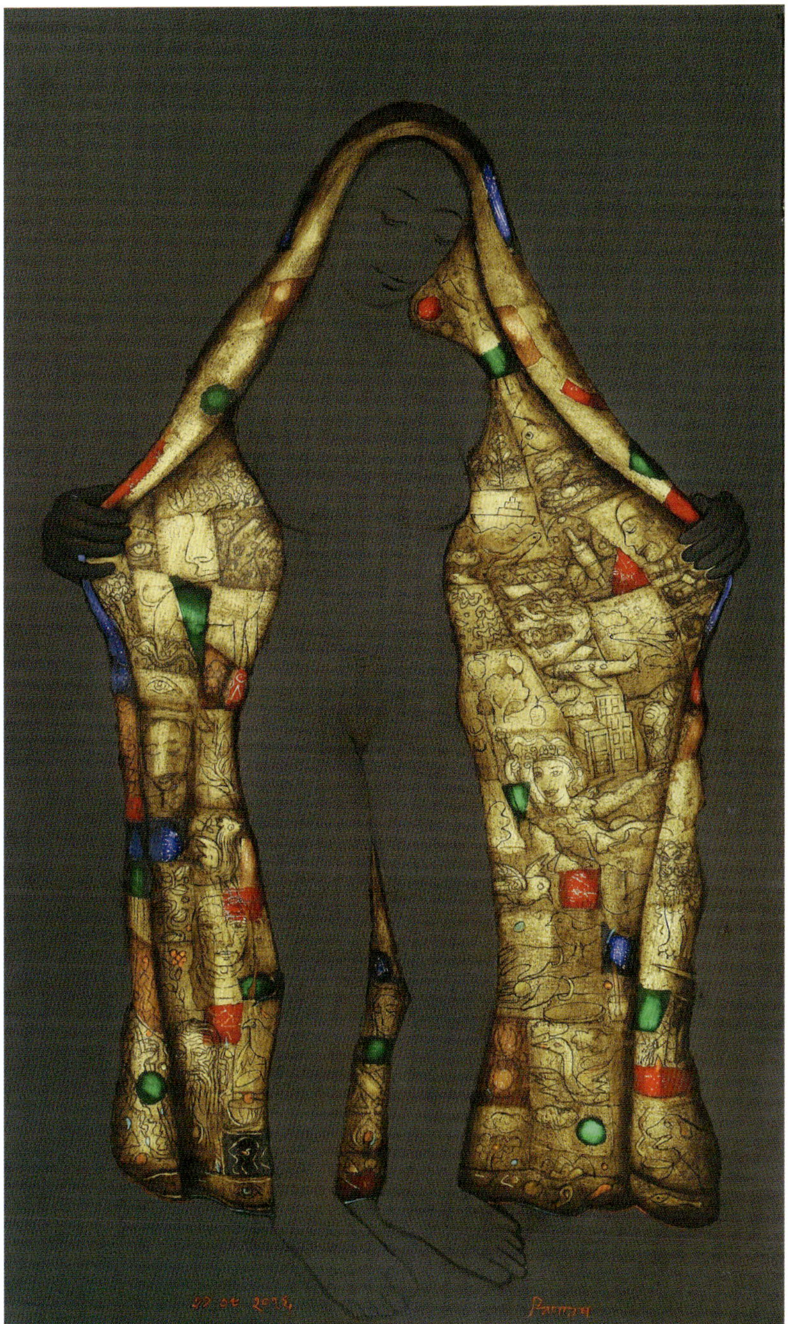

संसार। कैनवस पर गोल्ड लीफ और मिनरल पिगमेंट। 36" x 60"

।। संसार ।।

1994, मुम्बई

जहाँगीर ऑर्ट गैलरी
से निकल कर शाम को
गेट-वे ऑफ इंडिया के पास
देर रात तक बैठे समुन्दर को देखता
सुनता रहता संगीत लहरों का
दूर क्षितिज से आती लहरें
पास आ के कुछ-कुछ कहतीं।
वह बतियाता उनसे तो कभी गाता गीत
एक सुर उनके साथ।
महा सुख स्वयं के नाद का।
बाहर के स्वर-संगीत कुदरत के साथ का।

आँखें बंद स्वरनाद करते
न जाने कहाँ खो जाता वह।
दूर ब्रह्मांड की सैर करता।
ठंडी हवा का झोंका बालों को उड़ाता
कभी गालों पे थपेड़े मारता सा
कुछ कहता सा न जाने क्या सन्देशे लाता।

पीछे पास ही सड़क पे
संसार शुरू हो जाता

देर रात को सुबह तक।
कोई शराबी झूमता गाता
कभी रोता-चिल्लाता।
कोई सजी-धजी सुर्ख होंठों से कुछ बुदबुदाती-सी
कुछ कहती फिर न जाने कहाँ अँधेरे में खो जाती
टैक्सी में लाल बत्तियाँ जला के बैठा जोड़ा सिगरट के धुएँ में खो जाता।
कोई देता गाली तो कोई सीटी बजाता।

पर वह समुन्दर के किनारे बैठा
इस सब से अनभिज्ञ, अनजान
किसी और ही दुनिया में मगन
स्वयं में खोया विहार करता।
कोई धीमी-सी आवाज कान में पड़ी
तो मुड़ के देखा कोई सजी-धजी सी बैठी थी
पीछे पास बिलकुल पास
मोटी-मोटी आँखों से देखती मुस्कुराती-सी बोली

कुछ कहो न।

क्या कहूँ?

कुछ करो न

क्या करूँ?

बहुत रूखे हो बाबू, कुछ उदास से हो

छोड़ो, आपको कुछ भी पता नहीं

हाँ, नहीं पता, तुम ही बता दो।

नहीं, आप हमारे काम के नहीं

कह वह छन से चली गई दूर

और अँधेरे में खो गई

ठंडी हवाएँ समुन्दर की

कुछ-कुछ गाती रहीं

कुछ कहती रहीं

बड़ा सा चाँद निकला

दूर लहरों के बीचोबीच

काली बदलियाँ भागी चलीं आसमान में

ध्यान आया

अरे वह जो आई थी, कौन थी?

क्या कह कर चली गई?
वह चाहती क्या थी?
आह, अब समझ में आया
शरीर में लहर-सी दौड़ गई
और उसकी खोज में निकल पड़ा
उस अँधेरे की ओर।

ढूँढ़ता रहा, सारी रात निकल गई
पर वह कहीं नहीं मिली।
नींद का जोर भी पकड़ रहा था
अँधेरे से गलियारे में चलते
उसके बारे में सोचता
कभी उसका स्पर्श महसूस करता, कभी खुशबू
चलता जा रहा नीचे और देखते-देखते।
अचानक चौंक के रुक गया
कोई काला सा साया सामने खड़ा था
चुप शान्त-सा और धीरे-धीरे
अपने ऊपर लपेटा कपड़ा दोनों हाथों को
फैला के चौपट खोल दिया।
सिर्फ आँखें चमक रही थीं अँधेरे में
नंगे शरीर का आभास सा था पर
कुछ पूर्णतया दिखाई नहीं दे रहा था।

कपड़ा अन्दर से जगमग-जगमग चमक रहा था
और बहुत से आकार प्रकट होने लगे धीरे-धीरे।
बहुत से आकार जैसे सुनहरी तिले की कढ़ाई जैसे चमकते
कोई कार, जहाज, कश्ती, मछली चक्र तिकोने घर-मकान
शेर, बकरी, कुत्ता, बिल्ली, पंछी, कव्वे, पेड़, फूल
झाड़ी, डालियाँ, टल्लियाँ, हथौड़े
घर, झोंपड़ियाँ, थालियाँ, कटोरियाँ
चूल्हे, दरवाजे, बेलन, तवा, आग, रोटियाँ
दाल, दूध, मलाई, मक्खन
और माँ के बूढ़े हाथ चमकती आँखें
दादी माँ के गोहड़े जैसे उड़ते सफेद बाल
सफेद बादल और नीले आसमान में उड़ते बगुले।

हरित तारा आसन पे बैठी मुस्कुरा रही
श्वेत परी उड़ती हुई छूकर पास से निकल गई
और वह काला साया
न जाने कहाँ खो गया उस सियाह
रात के सियाह खयाल में!

।। श्वेत देवी की परछाई ।।

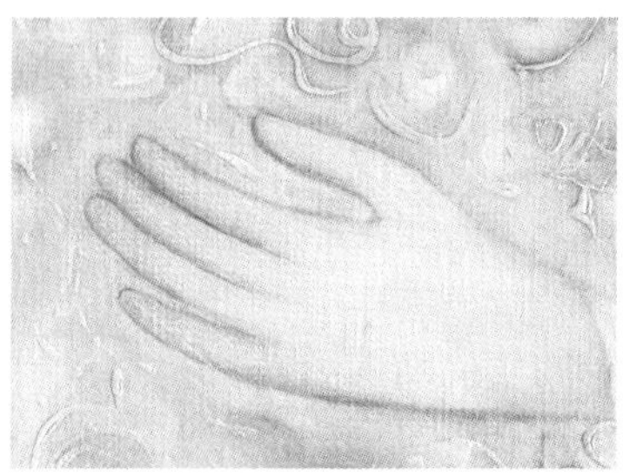

श्वेत देवी की परछाई। कैनवस पर मिनरल पिगमेंट। 33" x 48"

।। श्वेत देवी की परछाई ।।

।। त्रिउंड के पास तालाब किनारे ।।

लामा जी बोले
बैठ रहो वहाँ
तालाब किनारे
जल जिसका
अमृत, पारदर्शी
काँच जैसा
शान्त आसमान जैसा।

जाओ बैठ रहो
ऐसी विधा से
यहाँ से न कोई दिखे
अंग तुम्हें तुम्हारा
न कोई अपना वस्त्र
न पत्थर
न पर्वत
दिखे जल, केवल जल
आधी खुली आँखों से।।

देखो एक टक
बस देखते रहो
हो जाओ निर्मल

स्वयं जल

टिक जाओ

आसमान की तरह

उठेंगी लहरें बहुत

होगी बहुत हलचल

पानी पे

बहुत विचार विकार

भी पनपेंगे मन में तेरे

पर भिखू, तुम टिक जाओ

बस देखो, बनो द्रष्टा

निर्धारणा लिये निर्विचार

बैठ रहो बिन सोचे

बन जाओ शुद्ध

हो जाओ शुभ

पारदर्शी जल।।

बहुत सी लहरें घेर बनातीं

बनतीं-मिटतीं

एक दूसरी से बढ़कर

कोई छोटी बीच में उठतीं

बुलबुला सा उठा कहीं

कोई छिटका पानी

चींटी चल के पार हुई

देखती आसमान

मुँह खोले
कोई मछली उछली
फिर कहाँ गई
वो वहाँ गई
वो वहाँ गई।।

शाम ढले तक
चलता रहा क्रम
पानी की सतह पर
कभी टिक सा जाता पानी
दीखता खुला आकाश
फिर आ जातीं बदलियाँ
रूप बदलती भाँति-भाँति

कोई घोड़ा, कुत्ता
कोई शेर, बघेरा
हाथी, चिड़िया
कोई अनजाना सा चेहरा
बन के हँसती सी
रोती-कुरलाती
शोर मचाती
कभी चुप्पी साधे
संत बन बैठी
भयानक बड़े-बड़े से दाँत निकाले

भयावह भयानक
आँख दिखाती।
मायामोहिनी बनके
मस्त हो मदमस्त हो जातीं
क्या-क्या रूप बदलतीं बदलियाँ
कभी आतीं, कभी जातीं।

शाम ढले तक
पानी परछाईं खेल चला
फिर टिक सा गया
शान्त हुआ
साफ हुआ आकाश
कुछ अवकाश।

इक बदली आई
शुभ
शुद्ध
श्वेत
एन बीच में आई
धीरे-धीरे रूप बदलती

मुस्काती सी देवी जैसी
आशीर्वाद की मुद्रा में
हाथ उठाती
लहलहाती उड़ती देवी
आधी खुली आँखों से देखती
मन्द-मन्द मुस्काती।
धीरे-धीरे उड़ते-उड़ते
दूर क्षितिज में
रेखा रूप विलीन हुई वह
फिर कोई भी लहर बनी न
न कोई घेरा

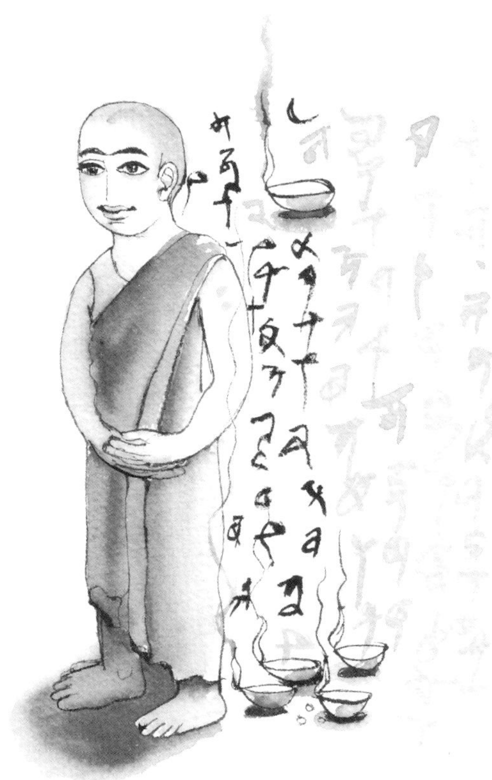

सिद्धार्थ
(1956 पंजाब)

माँ से पेपर-माशी के बर्तन व खिलौने बनाना सीखा। स्कूली विद्या के साथ-साथ स्थानीय लोक कलाकारों से भित्ती चित्र लेखन सीखते रहे। बाद में पास के कसबे में व्यवसायक चित्रकारों के साथ सहायक के तौर पे अपना गुजर बसर करते रहे।

सिख गुरुओं के चित्र बनाना सीखने को गुरु चित्रकार के पास हिमाचल में कांगड़ा वैली में अंधेरा होते हुये धर्मशाला में तिब्बती लामाओं के साथ थंका पेटिंग सीखते और बौद्ध ध्यान जीवन व्यतीत करके बौद्ध मठ में रहे।

1981 में चंडीगढ़ के कला विद्यालय से चित्रकला में उत्तीर्ण सिद्धार्थ दिल्ली आ बसे। तब से अब तक 26 ऐकल प्रदर्शनियां और 200 से अधिक राष्ट्रीय और अंतरराष्ट्रीय कला उत्सवों और प्रदर्शनियों में भाग लेते सिद्धार्थ कला फिल्म बनाने से लेकर, मूर्तीकला और कलालोक में अपने को स्थापित करके ग्रेटर नोयडा स्थित कार्यशाला में कई वर्षों से पढ़ने लिखने में मगन रहते हैं।

उनके चित्रगीत व कथायें बाबा नानक की चेतना व शब्द से ओत-प्रोत सुनाई देते हैं।

फोटो : संदीप सिंह

आवरण सज्जा

संदीप सिंह (1977, पंजाब, अमृतसर) पेशे से फोटोग्राफर एवं ग्राफिक डिजाईनर हैं। बहुत सी फोटो प्रदर्शनियां लगा चुके हैं और एक प्रख्यात लेखक भी हैं। उनकी एक किताब शेडस ऑफ लाईफ जो कि एक और सहायक चित्रकार के साथ मिलकर बनाई गई थी संसार भर में बहुत सराहना हुई है।